鈴木ごっこ

木下半太

幻冬舎文庫

鈴木ごっこ

もくじ

第一話　わたしはカップラーメンを食べない

1

四月一日。

気が滅入《めい》るような小雨がシトシトと降り続く午後十一時、わたしは膝《ひざ》の上で両手を握り締めてじっと食卓を見つめていた。

それは美しい食卓だった。誰もが憧れるような。すべての家族が笑顔になるような。

——インターホンが鳴った。

とうとう、やってきた……。緊張でキリキリと胸が痛くなる。

わたしは両足を引きずるようにして玄関へと向かい、重いドアを開けた。

玄関の灯《あか》りの下に、男が三人立っていた。顔色が酷《ひど》く悪く、滲《にじ》み出る負のオーラに、彼らがひと目で不健康だとわかる。

彼らを乗せて来た黒いワンボックスカーが、住宅街の中を静かに去っていく。

わたしは、無言のまま男たちをリビングまで案内した。男たちは背中を丸め、顔を強張《こわば》らせながらキョロキョロと家中を見渡したあと食卓の木の椅子にぐったりと腰を下ろした。

「腹減った……」

気まずい沈黙を破ったのは、わたしの向かいに座っているスーツの男だった。

「カップラーメンならキッチンの戸棚にあったで。冷蔵庫の中は空っぽやけど」

「ふうん」

スーツの男が、わたしの関西弁に反応して眉を上げた。

年齢は三十代前半だろうか。紺色のスーツの生地は明らかに安物で、手首のロレックスも偽物だ。細身で筋肉質、肩幅も広い。耳が隠れるほどの長さの髪を整髪料で丁寧に撫《な》でつけている。美形ではあるけれど、眼光は鋭く冷たい印象がする。チンピラ風のキツネといったところか。

「ヤカンはありますかね」

左隣に座るネルシャツの中年男が、愛想笑いを浮かべた。

「調理器具はひと通り揃《そろ》ってるみたいやね。湯沸かしポットもあったし」

「僕が作りますね」

ネルシャツの中年男がぎこちない動きで立ち、いそいそとキッチンへと移動した。シャツの下にはチノパンを穿《は》いている。年齢はスーツの男よりも上だ。四十代後半、もしくは五十歳を超えているかもしれない。白いものが混じった髪は無造作に伸び、不精髭《ぶしょうひげ》も薄《うっす》らと生えていた。目の下の隈《くま》が酷く、くたびれたトカゲみたいな顔で、小柄でそこまで太ってはいないがお腹《なか》はぽっこりと出ている。この異常な状況に動揺しているのか、一番落ち着きがない。

また沈黙が訪れた。ネルシャツの中年男がドタバタと戸棚を開けたり、ヤカンを出す音が響く。

パーカーの青年が怠《だる》そうに欠伸《あくび》をした。年齢は二十歳前後。少年の面影がまだ残っている。背は高いがリスのような小動物系の童顔で、学生にしか見えない。グレーのパーカーの下にはアメコミのイラストのTシャツ。ジーンズは膝が破けている。短髪で健康的に日焼けをし、いかにもスポーツやアウトドアが好きという感じだ。

お湯が沸き、食卓に並べられたカップラーメンにお湯が注がれる。

「みんな、硬め派？　それとも柔らかめ派？　どっち？」

スーツの男がぶっきらぼうに言った。

「……何の話ですか？」

ネルシャツの中年男がおずおずと訊《き》き返す。

「麺の加減だよ。ちなみに俺はちょっとだけ硬めが好みなんだけどな」

「私も硬めが好きですね」

「じゃあ、カップラーメンは二分四十五秒ぐらいで食べるのか」

「そこまで細かく言われても……」

どうやら、スーツの男は神経質な性格のようだ。さっきから、しきりに貧乏揺すりをしている。

「どっちでもいいんじゃね。硬くても柔らかくても」パーカーの青年が話に割り込む。

「て、言うか、オレは今まで、きっちり時間なんか計ったことねーし。カップラーメンなんだから味なんかそんなに変わんないっつーの」

若者特有の軽い口調だ。まるで他人《ひと》ごとのように、食卓の下で足をブラブラとさせている。

「近くにスーパーはあるのでしょうか」

ネルシャツの中年男が不安げに目をしばしばとさせる。

「コンビニならあったで。ここに連れて来られるとき、ワゴンのカーテンから覗《のぞ》いたんやけど」

わたしは無理やり会話に参加した。コミュニケーションを取るなら早めのほうがいい。どうしても、主導権を握る必要があるのだ。

「どのコンビニだ」

スーツの男が、高圧的な口調で嚙《か》みついてくる。

「たぶん、サンクスやったと思うけど……」

「たぶん？　目撃したのにどうしてわからないんだよ」

「チラッと見ただけやし」

「たとえ一瞬でもわかるだろうが。それとも、二十四時間営業していないようなマイナーなコンビニだったわけか？　オーナー店長がずっとレジに立っているような、なんだか少し切ない感じのコンビニだったのか？」

嫌だ、この男。早口で捲《まく》し立てられたら何も言えなくなる。

「どうでもいいじゃん」

パーカーの青年が、もう一度欠伸をする。

「よくない」スーツの男が苛《いら》つきを隠さずに細い目で全員を睨《にら》みつけた。「今日から一年間、俺たちはこの家に住むんだぞ」

2

人生はそんなに甘くはなかった。大阪で幸せに暮らしていたわたしは、二ヵ月前、糸の切れた凧《たこ》みたいに急転直下した。

夫はデザイン会社を経営していたが、税金対策のため大阪の新町で隠れ家的なカフェを運営していた。一人娘が中学受験を無事に終え、子育てが一段落したわたしは、夫のカフェで気晴らしがてら働くことにした。

昔から料理を作るのが好きで、学生時代のアルバイトはいつも飲食店の厨房《ちゅうぼう》だったし、夫が仕事に忙殺されてなかなか家に帰って来ないのも大きな理由だ。料理は、誰かが食べてくれないとやりがいに欠ける。

わたしの料理は好評だった。とくにランチで出している《たらこのカルボナーラ》は人気メニューで、関西の情報誌が取材に訪れたこともある逸品だ。隠し味にアンチョビを利かせ、クリームを使わず卵だけでパスタを和《あ》えるのがコツである。

混《こ》んでいた週末の夜、最後の客が帰り、店の後片付けをしようとしたときにその男は現れた。スキンヘッドで、夜だというのにサングラスをしていた。首が太く、革ジャンがピチピチになるほど胸の筋肉が盛り上がっている。明らかに一般人ではない雰囲気を身に纏《まと》っていた。

「あんたの旦那には二千五百万円の借金がある」

カウンターに座ったスキンヘッドの言葉に、わたしは拭《ふ》いていたグラスを落としそうになった。

「い、意味がわからないんですけど」

たしかに夫が独立してから業界の景気が年々悪くはなっているが、そんな馬鹿げた額の借金を抱えるほどではないはずだ。

「旦那の火遊びが原因だ」

「えっ……」

絶句した。夫の浮気を怪しんだことはなかった。女に慣れているタイプではないことに安心して、伴侶《はんりょ》として選んだのだ。誠実さだけがウリの男だったのに……。

「出会い系で若い女とやって孕《はら》ませた。しかも、その女の子がウチの会長の孫ときた。漫画でもなかなかないような最悪の話だろ。で、アンタに慰謝料と迷惑料を払ってもらうことになった」

……ウチの会長？　やはりスキンヘッドは筋者なのか。

「どうして、わたしが……」

青天の霹靂《へきれき》にもほどがある。やっと仕事が終わったから、近くのスペインバルの冷えた白ワインと海老とアボカドのアヒージョを楽しみにウキウキしていたというのに。

「旦那に二千五百万円を用意できる器量はないだろ？　すぐに返せるか？」

蓄えはあるにはあるが、大した額ではない。

「そんなお金はありません……」

両親は、吹田市の商店街で細々とクリーニング屋を営んでいる。二千五百万円なんて額を聞けば卒倒するだろう。

あまりのショックに、怒りや悲しみといった感情が湧《わ》いてこなかった。

「金がなくとも何とかして返さなきゃならないな。それが大人の責任ってものだ」

「あの……どうすればいいですか」

「二つ提案できる。一つ目は風俗嬢になって地道に返す方法だ。だがあんたの器量ならソープで働いたところで一日に一人の客がつけばいいほうだろうな。完済するのに十年以上かかるぞ」

血の気が失《う》せた。しかも、風俗嬢としての価値もないと言われ、酷く心が傷ついた。

「二つ目は……」

わたしは、涙目になりながら訊いた。

スキンヘッドがわざとらしくニタリと笑った。

「鈴木になるんだよ」

「……はあ？」

鈴木？　何を言われているのかわからず、頭がクラクラとしてきた。

「東京の世田谷の一等地に空き家がある。そこで鈴木家に成り済まして暮らせ。それで二千五百万円の借金はチャラにしてやる」

「あの……一人で暮らすんですか」

スキンヘッドは焦《じ》らすように、またニタリと笑った。

「いいや。赤の他人たちと家族ごっこをしてもらう」

「家族ごっこって言われても……」

限りなく胡散臭《うさんくさ》い話である。しかし、他に選択肢はない。

「まあ、単身赴任みたいなものだ。俺も仕事のために美人の嫁と別々に暮らしている。我慢しろよ」

気のせいか、スキンヘッドが寂しそうに見えた。

3

「二分だ」スーツの男が、偽のロレックスを見て時間を計る。「十秒……二十秒」

「将棋かよ」

パーカーの青年が覇気のない若手芸人みたいにぼやく。

わたしは自分に注目を集めたくて、わざとらしくため息をついた。

「近くに安いスーパーなかったらホンマに困るんやけど」

「どうですかね。ここは世田谷区の一等地ですからね。あったとしても高級スーパーとかでは……」

ネルシャツの中年男が、不精髭を掻《か》いて大げさに顔をしかめた。

「コンビニがあれば問題ないって」

パーカーの青年が能天気な声を出す。

「何言ってんのよ。毎日のご飯のことやで。カップラーメンばっかり食べてられへんやんか」

「今どきのコンビニには何でもあるじゃん」

「スーパーで食材まとめ買いして、自炊せな、生活できひんやろ。ヤクザから貰える食費が月五万やねんで」

その他に家族に成りきるための新しい服代や雑費は貰えることになってはいるが、

額は限られている。

「たしかに、切り詰めなきゃ厳しい額ですよね」

ネルシャツの中年男が、興奮するわたしを宥《なだ》めるように言った。この男は平和主義者のようだ。

「よしっ。二分四十五秒だ」

スーツの男が、腕時計を見るのをやめて割り箸を割り、カップラーメンを美味《うま》そうに啜《すす》り出す。

「じゃあ、オレも」

パーカーの青年も食べ始めた。カレー味のカップラーメンである。

わたしはシーフード味で、なぜか、ネルシャツの中年男だけペヤングのソースやきそばだった。

「どうして、私だけペヤングなんでしょうか」

「ヤクザなりに気を遣ったんじゃねえの？　色々選べたほうが楽しいし」

パーカーの青年が笑う。

「楽しいわけないだろ。俺たちはこの空き家で軟禁される身なんだから」

スーツの男の言葉で、食卓の空気が一気に重くなる。

わたしは沈黙に耐え切れず、空腹ではなかったがカップラーメンのシーフード味を一口食べた。今置かれている立場に現実味が湧かず、まったく味がしない。

「お湯、捨ててきますね」

ネルシャツの中年男が、ペヤングを持って立ち上がる。背中を丸めてキッチンへと向かった。

「もしかして、このカップラーメン代、食費から引かれてるんとちゃうやろね」

わたしは、眉をひそめた。

「どっちでもいいじゃん」

パーカーの青年はどこまでも楽観的である。

「なんでよ？　どうせ食べるんやったら、安くて美味《おい》しいものがええやんか」

「ちょー美味《うま》いよ。カレー味、最強。これで、二百円もしないって安いと思うけどなあ」

「高いわ。四人で八百円やで。そんだけあれば本格的なカレーが十人前はできるわ」

「ちなみに、そのカレーには何の肉が入っているんだ」スーツの男が鼻で嗤《わら》い、横槍を入れる。「本格を名乗るからには肉なしは認められないぞ」

「挽《ひ》き肉を使ってキーマカレーが作れる。鶏の挽き肉やったらさらに安くなるし。あとは茄子《なす》とほうれん草でも入れれば充分本格的になるやろ」

カフェのときは、《たらこのカルボナーラ》の次に、週替わりのカレーが人気メニューだった。

「うわっ。それ超美味そうじゃん」

パーカーの青年が、カップラーメンのカレーの麺を口の中でモグモグさせて目を輝かせる。

「ご飯はどうするんだ。八百円でカレーの具の食材を買って、さらに白米まで購入できるのか」

「お米は安いところでまとめ買いするつもりやから計算には入ってへんよ」

スーツの男の執拗《しつよう》な追及に、わたしはついムキになった。

「じゃあ、あんたが八百円で作れると豪語したのは、本格的なカレーではなく、本格的なカレーのルーだけだ」

スーツの男が勝ち誇った顔で、カップラーメンのスープをゴクリと飲んだ。

「何なん……この人？」

わたしはキレそうになって同意を求めたが、ネルシャツの中年男は苦笑いをするだけだった。

「ジャガイモ、うめえ」

パーカーの青年は、わたしたちの小競り合いに興味を示さず、ひたすらカップラーメンを食べている。

私の苦手なタイプと言えばスーツの男だが、この青年のお気楽な態度もムカつく。こんな連中と一年間、同じ屋根の下で過ごさないといけないなんて……吐きそうになってきた。

「この四角い肉には勝てないな」

スーツの男が、カップラーメンからキューブ型の肉を取り出して見せつけ、今度はパーカーの青年に絡み始めた。

「くれるの？　センキュー！」

「あげるわけないだろ。正気か、お前は？　カップラーメンは、この四角い肉が魅力なんだよ」

「ケチケチすんなって。こっちのジャガイモあげるからさ」

パーカーの青年が、自分の具のジャガイモを割り箸で摘《つま》み、勝手にスーツの男のカップラーメンに投入した。

「おい、何をするんだ！　味が混ざるだろ！」

スーツの男が顔を真っ赤にして立ち上がる。

「そんなに怒らなくてもいいじゃん」

「レイプだぞ、これは！　いきなり入れるな！　赤の他人の唾液を食べるほど俺は無神経じゃないんだよ！」

「大丈夫だって。オレ、病気とか持ってないからさ」

「謝まれ！　馬鹿野郎！」

わたしは割り箸を置き、こめかみを指で押さえた。

「ちょっと、静かにしてくれる？　頭、痛いねん」

「アンタの頭痛にまで責任は持てないよ！」

「だから、うるさいって言うてんねん！」

ダメだ。先行きが思いやられる。この男が鬱陶《うっとう》しくて主導権が握れない。そもそも、私にはリーダーになる素質がないのだ。中学校のときにクラス連中に押しつけられて生徒会長に立候補させられ、他に候補者がいなかったので当選してしまったが、結局は書記の仕事しかできなかった苦い思い出がある。

「どうしました？　レイプって聞こえたんですけど？」

ネルシャツの中年男が、慌ててキッチンから戻って来た。

「俺のカップラーメンがカレー味に犯されたんだよ」スーツの男が、ネルシャツの中年男が手ぶらなのに気づく。「ペヤングはどうしたんだ？」

「ちょっと……事情がありまして」

ネルシャツの中年男が、また目をしばしばさせる。どうやら、癖らしい。

「もしかして、お湯を捨てるの失敗したのか」

「ご名答です。シンクにそばをぶちまけてしまいました」

「もったいねえ。オレが食べるよ」

パーカーの青年が口をモグモグさせながらキッチンへ行こうとした。

スーツの男が啞然《あぜん》とした顔でパーカーの青年を見る。

「ギネス級の無神経だな、お前」

「シンクのやきそばを食べたぐらいでギネスに載るわけないじゃん」

「喩《たと》えに決まってるだろ！」

「はいはい、もうええから座ってや。話を進めるで」わたしは手を叩《たた》いて強引に二人のやりとりを止めた。「とりあえずは自己紹介からしよう。ウチらはこの一年間家族として過ごさなあかんねんから」

4

「そうですよね」ネルシャツの中年男が、立ったまま自己紹介を始めようとした。

「私の名前は……」

「ちょっと待って。自己紹介はやめよう」スーツの男が遮った。「家族に成りきるには、お互いの素性を知らないほうがよくないか。俺たちは、多額の借金を抱えてここに連れて来られた。借金をチャラにするためには協力し合わなければならない。知るべきことはそれだけで充分なはずだ」

「オレたち、今日から鈴木だもんね」パーカーの青年が頷《うなず》き、自分の席に戻る。

「早く鈴木に慣れなきゃですね」ネルシャツが、さらに激しく目をしばしばさせて言った。「でも、ひとつだけ、すごく気になることがあるんです。どうして、家族を演じるだけで借金がチャラになるんでしょうか」

わたしも同じ質問をスキンヘッドにした。しかし、「あんたには関係ない。どうやって金を生み出すかはこっちの仕事だ。とにかく、一年間、鈴木に成りきれ」と言って、肝心なことは何も教えてくれなかった。

再び、重たい沈黙が食卓を包み込む。ここにいる誰も、借金がチャラになる仕組みは知らないようだ。

考えられるのは不動産関係の犯罪だ。何せ、ここは世田谷の一等地なのである。ここに家族として住むことで不動産詐欺の片棒を担がされるとか……!?

借金を返せたとしても、いずれ逮捕されて刑務所に入れられたらシャレにならない。

何よりも不気味なのは、この《鈴木》と表札がかかった一軒家に、昨日まで人が住んでいたような雰囲気である。家具や食器棚の皿やキッチンの調理器具などがそのまま残されているのだ。

「やるしかないねん。ヤバい相手とわかってて借金してんから、身から出たサビや」

わたしは自分に言い聞かせるように呟《つぶや》いた。「名前はどうする？　家族を演じるなら新しい名前を決めなあかんで」

「覚えやすい名前がいいだろうな」スーツの男が、わずかにネクタイを緩めた。「ヤクザからは、『近所の連中に家族じゃないとバレたらタダじゃおかない』と脅されているし、なるべくミスが起こらないように、前もって対処すべきだ」

「下の名前ぐらいは本名を使えばいいんじゃん」

パーカーの青年が面倒臭そうに言った。

「ダメだ。それだと、どうしても他人同士の空気が出てしまう。家族なんだから、統一性を追求していかないと」

ネルシャツの中年男が、椅子に座りながらおずおずと手を挙げた。

「あの……疑問があるんですけど……ヤクザさんがおっしゃった『タダじゃおかない』って具体的に何をされるんでしょうか」

「直接本人に訊けばいいんじゃん」

パーカーの青年がケタケタと笑い、ジャガイモを口に放り込む。

……娘に会いたい。でも、そう簡単に会えない。もし会えたとしても他人のふりをしなければならない。わたしは、《鈴木》なのだから。

夫と娘に、この仕事のことは説明した。浮気のバレた夫はうなだれ、「許してくれ。何でも協力するから」と涙を流した。娘は何も答えてくれなかった。ただ、無表情な顔でわたしを見つめていた。

「君は、いくつなん？」

わたしはため息を飲み込み、パーカーの青年に訊いた。

「二十歳。最近まで大学生」

「どこの大学？」

「言ってもわかんないって。名古屋の三流大学だし。何も考えずに大学生活をエンジョイしてたんだけど、いきなり親父の会社が潰《つぶ》れちゃってさ。俺が二千五百万円の借金を肩代わりしなくちゃいけなくなったんだよね」

「君が肩代わりせなあかんの？　お父さんは？」

「失踪《しっそう》。母親はショックで入院。姉貴が風俗で働いて借金返すって言い出したから、仕方なしに大学辞めてここに来たわけ」

わたしと同じ、身代わりだ。急にパーカーの青年に親近感を覚えた。

「それは大変だったね。偉いなあ」ネルシャツの中年男が同情する。「私は福岡から来た。商売が失敗したんだ。共同経営をしていた親友が運営資金を持って失踪してね。何とか立て直そうとしたがダメだった。私も二千五百万円の借金がある」

「それって親友か」

スーツの男が、皮肉めいた口調で訊く。

「今でも親友だと思っているよ」

ネルシャツの中年男が、悲しそうに微笑《ほほえ》んだ。

「おじさんは何の商売をしてたの？」

パーカーの青年が訊いた。

「養鶏場だ。鶏たちを、いい環境の中でいい餌を与えて大切に育てる」

「大切に育てても業者に売り飛ばすんだけどな」

スーツの男が鼻で嗤った。こいつは皮肉屋で人を見下すのが癖なのだ。

「それが仕事ですから」ネルシャツの中年男が目をしばしばさせて、わたしに質問してきた。「あなたは関西から来たんですか」

「大阪。カフェをやってたんやけど潰してもうてん。ずっと赤字やったから借金を繰り返して何とか店を続けてたんやけど……」

さすがに恥ずかしくて本当のことは言えなかった。夫に相手にされなかった寂しい妻に見られるのもごめんだ。こいつらには、結婚していることも子供がいることも黙っていよう。そのほうが何かとやりやすい。

暗い話が続き、場がしんみりとなる。ひとつだけ、ここに来てよかったことがあるとすれば、似た境遇の人たちと慰め合えることかもしれない。

あと自分の話をしてないのは一人だけだ。全員が、スーツの男に注目する。

しかし、スーツの男は冷たい目で睨み返してきた。

「俺の借金の理由は教えない」

「ちょっと、ずるいで。ウチらは喋《しゃべ》ったのに」

「お前らが勝手にペラペラ喋り出したんだろうが」

「せこい男やな」

わたしは納得できず、思わず平手でテーブルを叩いた。

「借金の額だけ教えてやるよ。お前らと同じ二千五百万円だ」

「全員、合わせて一億円かよ」パーカーの青年が手を叩き、自虐的に声を張り上げた。

「すげえなオレたち。ダメ人間じゃん」

「どこからいらっしゃったのですか？　それぐらいは教えてくださいよ」

　ネルシャツの中年男が、スーツの男に訊いた。

「……北海道だ」

　スーツの男が渋々と答える。

　大阪に名古屋に福岡に北海道……日本全国から集められている。スキンヘッドのいる暴力団がいかに力を持っているかがわかる。だからこそ、失敗は許されない。

「あの……根本的な問題があるんですけど」ネルシャツの中年男が、もう一度、おずおずと手を挙げた。「私たち、家族を演じるには、あまりにも似てなさ過ぎではないでしょうか」

　全員が互いの顔を見比べた。当たり前だ。似ているわけがない。

5

「明らかに他人やん」わたしは泣きそうになった。「ご近所さんにソッコーでバレるで。ウチらヤクザに殺されて東京湾に沈められるかもな」

「殺されはしないだろ。たぶん、半殺しか、借金の上乗せだ」

スーツの男が自信なさげに言った。

どうやって、こんな奴らと家族になればええんよ……。

「私、離婚した妻との間に双子の娘がいるんです」

ネルシャツの中年男が絞り出すような声で言った。

「へえ、そうなんだ。娘さんたちはいくつ？」

スーツの男が、さほど興味なさげに訊き返す。

「二十歳です。成人したばかりの……。元妻はどうだっていいんですが、娘たちに危害を加えられないか、心配で心配で……」

「どういう危害？　具体的に言うと？」

「それは……」

言葉に詰まるのは当たり前だ。わたしも娘がいる身だから気持ちはわかる。

「ソープに売り飛ばされるとか？　双子だったらちょー人気出るよね」

パーカーの青年が、軽い口調で言った。まったく笑えない冗談だ。

「おい、やめてくれ」

「安心してもいいよ。可愛かったらの話だから」

スーツの男の皮肉が、さらに追い打ちをかける。

「可愛いですよ、失礼な！　天使のようですよ！　写真見ます？」

ネルシャツの中年男が懐から長財布を出し、札入れの隙間《すきま》から写真を取り出した。

スーツの男とパーカーの青年が身を乗り出して覗き込む。

「どうです？　私に似てなくて可愛いでしょうが」

スーツの男とパーカーの青年は写真を見ながら苦笑いを浮かべた。

「微妙……だよね」

「二人ともあなたにそっくりだ。髪の毛が長いあなたが二人いるよ」

「えっ？　似てます？　初めて言われたなあ」

「ギャルっぽいメイクしてるけど……瓜《うり》二つじゃん。あ、瓜二つが二人いるから、瓜四つだね」

「複雑な心境です……」

ネルシャツの中年男が、しょぼんと肩を落とした。

「これぐらい似てたら、誰が見ても家族なんだけどなあ」

立ち上がっていたパーカーの青年が、自分の席に戻る。

「見ます？」

ネルシャツの中年男が写真をわたしにも見せようとしたが、わたしは手を振って拒否した。

「もうええからしまって。そっちの家族のことより、こっちの家族の話をせなアカンやろ」

「す、すいません……」

ネルシャツの中年男がさらにしょぼんとして写真を財布に戻した。いい人ではあるが構ってられない。わたしにはやらなければいけない仕事があるのだ。

「新しい名前を決める前に家族構成を決めようぜ」スーツの男が勝手に仕切り出す。

「そもそも、みんなの実年齢はいくつだ？」

「自己紹介はせえへんのとちゃうの？」

こいつの失礼な態度のせいで、こっちも、どうしても嫌味っぽくなってしまう。

「実際の年齢よりも、いくつに見えるかが重要なんじゃね？」

パーカーの青年が珍しくまともな意見を述べる。

「じゃあ、こうしましょう。俺とあんたが夫婦という設定だ」

スーツの男が、不躾《ぶしつけ》にわたしの顔を指した。

「はあ？」

「あくまでも設定だよ」

「て、ことは……オレは二人の息子になっちゃうのかな？　ちょっと、厳しいんじゃない？　お姉さん、どう見ても二十代後半だもん。大学生の息子はおかしいでしよ」

わたしは今年で三十八歳になる。童顔で身長も低いので昔から若くは見られるが、二十代後半に見られて、素直に嬉しい。

「大学生ではなく、中学三年生にする」

スーツの男が、真剣な顔で言った。

「……えっ？」

わたしとネルシャツの中年男が同時に顔をしかめる。

「マジ？　オレ……十五歳に見える？」

「大丈夫。ガクランを着れば見える」

「いくらなんでも、無理があるんとちゃう？　だって、実際には中学校には入られへんやんか」

「引き籠《こ》もりで、学校に行ってないことにすればいい」

スーツの男は、反対されるほど、自分の意見を頑《かたく》なに曲げないタイプのようだ。

「引き籠もりが普段から学生服着てへんやろ」

「細かいな」スーツの男があからさまな舌打ちをした。

「あんたに言われたくないわ！」

キレそうだ。家族ごっこがなければビンタをして、今すぐここから出ていきたい。

「じゃあ、引き籠もり気味、くらいにして、通っている中学校がここから遠く離れた私立ってことにすれば問題ないよな。はい、決定」

強引過ぎる。このままスーツの男のペースだとマズい。

「あの……お二人が夫婦で、彼が息子なのであれば、私は一体、何者なんでしょうか？」

ネルシャツの中年男が不安げに訊いた。

「やっぱ、おじいちゃんじゃね？」

「おじいちゃん……ですか……」

無理だ。どう見ても中年のおじさんなのである。

「白髪にすればいいんじゃね？」

「ど、どうやって白髪にするんですか？」

「小麦粉とかじゃない？　まあまあいけるよ。オレ、中学の文化祭の舞台でおじいちゃん役やったときに使ったよ」

「毎日、頭に小麦粉をつけて生活しなくちゃいけないんですか？」

「外出するときだけじゃん。帽子感覚でまぶそうよ」

パーカーの青年がまたケタケタと笑う。とにかく緊張感がなく、友達とじゃれてるみたいだ。

「帽子はともかく、小麦粉はちょっと……」

「わがままはやめろよ。赤の他人同士が一年間も家族を演じなければならないんだ。それぐらいの努力は当たり前だろ」

「……すいません」

スーツの男に一喝され、ネルシャツの中年男が泣きそうになる。

「あなたの年齢は六十歳だ。いいな？」

「は、はい……」

「あかん、絶対、バレるわ。そもそもウチら顔が似てへんもん！」

何とかして顔を似せなくちゃいけない。かと言って整形する金もない。

「いや、家族だからといって似ている必要はないぞ」スーツの男が鋭い視線で全員を見る。「そもそも夫婦は元は他人同士だ。再婚という設定にして、子供は俺の前の妻の連れ子にすれば似てなくてもオッケーだ。おじいちゃんはあんたの前の夫の父親にしようか。前の夫が死んで身寄りがないとか……」

「ややこしいわ！」

わたしはパニック寸前だった。離れ離れになった娘の顔が脳裏を過《よぎ》る。

6

大阪の家で過ごした最後の日——。

「今夜は何を食べたい？」

わたしは、リビングの隅に座ってスマートフォンをいじっている娘に声をかけた。

十年近く住んだマンション。引っ越しの作業はほとんど終え、家具も何もないスケルトンの状態である。古くなった食卓はガタがきていたので捨てた。

でも、人が生活していた匂いはまだ残っている。ここに越したとき、娘はまだ幼稚園生だった。

「ねえ、聞いてんの？」

「……何でもええし」

娘がぶっきらぼうに答えた。スマートフォンと睨めっこしたままで、こちらを見ようともしない。

「何か作ってあげたかったけどフライパンもお鍋もないし……調味料もないしなあ……どっかに食べにいく？」

言いながらポロポロと涙が零《こぼ》れた。明日から、わたしは東京で暮らさなければいけない。娘と同じ食卓に座れるのはいつの日になるのかわからないのだ。

最後ぐらい、娘の大好物の《たらこのカルボナーラ》を作ってあげたかった。

「テキトーにカップラーメンとかでええよ」

娘は泣いていない。怒っているような口調だった。

「あかん。もっと栄養あるもん食べんと」

「借金あるねんから贅沢言ってられへんやん」

「……ごめんね」

「何でママが謝るん？　パパが悪いんやろ？　それとも、パパが浮気したんはママのせいなん？」

「どうして、そんなこと言うの？」

「だって、パパずっと寂しそうやったもん。この家で三人でいるときも心の底から笑ってなかったよ。気づかへんかったん？」

娘がスマートフォンを置き、責めるようにわたしを見た。

「あの人は……ほとんど帰って来なかったし……」

「帰って来たくなかってん。この家がしんどかってん。ウチもそうやったからわかるわ」

「何がそんなにしんどかったの？」

沸々と怒りが込み上げてきた。完璧な妻ではなかったけれど、幸せな家庭を築こうと自分なりに精一杯頑張ってきたつもりだ。

「じゃあ、ママはどうやった？　お店でお客さんに料理を作っているほうが楽しくなかった？」

図星だった。わたしにとって新町のカフェは逃げ道であり、オアシスだった。

この家はたしかに息苦しかった。酸素の量がわずかに少ないような感覚……家族三人でいるときの生温かい空気……。家から一歩外に出ると新鮮な空気が体の中に満たされ、重石《おもし》が取れたように身が軽くなった。

何がしんどかったのか。答えられないのはわたしのほうだ。

7

「顔が似てないことを気にするのはあとだ。まずは名前を決めるぞ」

スーツの男が苛つきを隠さず、また仕切り出す。

「オレ、カツオでいいよ」

パーカーの青年が眠そうに答える。一刻も早く寝たそうだ。

「じゃあ、私は波平ですかね」

ネルシャツの中年男が自嘲《じちょう》気味に呟く。

「それでいいんじゃね。覚えやすいしさ」

「ということは、夫婦のお二人はマスオとサザエになりますね」

調子に乗るネルシャツの中年男にカチンときた。

「どっからサザエさんが出てくんねん。それにマスオとサザエの子供はタラちゃんやんか」

「あっ、そうか。じゃあ、オレはタラオじゃん」

「えっ……カツオはサザエさんの息子じゃなかったんですか」

ネルシャツの中年男が、ポカンとした顔をしている。

「何言ってんの。サザエとカツオとワカメが兄弟。その三兄弟の父親が波平で母親がフネやで」

「担ごうとしてもそうはいきませんよ」

「サザエの苗字《みょうじ》は磯野ではない。フグ田なんだよ」スーツの男も呆《あき》れてため息をつく。

「あの家は二世帯住宅だ」

「ほんとですか？　この四十数年間……私は大きな勘違いをしておりました。てっきり、カツオとワカメとタラちゃんが三兄弟だと……」

一体、何の話だ。頭痛がどんどん酷くなる。

「日本人としての基本じゃん。カツオがサザエを呼ぶとき『姉さん』って言ってるじゃん」

「だってカツオはいくつですか？　小学生でしょ？」

ネルシャツの中年男はまだ納得がいってないらしい。

「設定では十一歳だよ」

スーツの男が意外な知識を披露した。

「ワカメは？」

「九歳だな」

「波平は？」

「五十四歳」

「ということは、ワカメは波平が四十五歳のときの子供ですか？」

「そういうことになるな」

「フネはいくつでワカメを産んだんですか？」

「設定では五十二歳だから四十三歳のときの子供だ」

「高齢出産やね。カツオが四十一歳で、ワカメが四十三歳って、どんだけセックスしとっとね！」

ネルシャツの中年男が急に博多弁丸出しになり、唾《つば》を飛ばして反撃した。文句があるならば、わたしたちにではなく長谷川町子先生に言って欲しい。

「別にアニメなんだからいいじゃん」

パーカーの青年が、面倒臭そうに顔をしかめる。

「百歩譲って、カツオば妊娠したことは認めましょう。避妊に失敗したっちゃろうね。ばってん、そのあとのワカメはきっちり避妊してくださいよ。波平は何べん同じあやまちを繰り返せば気が済むとね？　こんなおかしな設定ば、きさんら、いや、日本国民は容認してきたとね？」

「知らんやん……」

「ちなみに磯野家は世田谷区にある」スーツの男が得意げに胸を張った。「東急田園都市線の桜新町駅だ。長谷川町子美術館があるぞ」

こいつ……サザエさんマニアなのか？

「マジ？　ちょー行きてえ！」

「ちなみに磯野家は、東京に引っ越してくる前に、どこの県に住んでいたと思う？」

スーツの男が鼻を膨らませてクイズを出したが、誰も答えられない。

「福岡県だ」

「えっ、我が地元ばい」

ネルシャツの中年男が嬉しそうに驚いた。

「たしか福岡市早良区《さわら》のはずだ」

「隣の区じゃなかですか！　僕、城南区の出身です。サザエさんがそんな身近な存在だなんて……。何か奇妙な縁を感じてしまいますよね。やはり、私は波平でいくべきでしょうか」

「あかん！　何一人で盛り上がってんのよ！」わたしはテーブルを叩いてネルシャツの中年男を黙らせた。「目立ってどうすんねん。冷静に考えてや。もし、近所に波平って人が住んでたらどう思う？　こんなサザエさんのお膝もとで！」

「ウケる。友達に言いふらすかも」

パーカーの青年がケタケタと笑う。感情が入ってない不快な笑い方だ。

「やろ？　ウチらはニセモノの家族やとバレずに過ごさなあかんねんから」

「目立てば目立つほどリスクが高くなるな。地味な名前をつけようぜ」

やっと、スーツの男と意見が合った。

「でも、地味な名前を覚えられる？　オレ、自信ねーわ。近所の人の前で名前を忘れたり、間違えたりしたらヤバいんじゃない？」

パーカーの青年の反論にスーツの男が頷いた。

「致命的だな。そうならないよう地味で間違わない名前にするぞ。その人間の特徴と名前を結びつけると覚えやすい。セットで記憶するんだ」

8

「特徴って言われても……難しいんちゃう？」

わたしも人のことは言えないが、大した容姿はしていない。ましてや、それを名前にするなんて、かなりの高等テクニックを要する。

「その人間の好きなものとかはどうだ。趣味も覚えられるから一石三鳥だろ」スーツの男がパーカーの青年を指す。「君が好きなものは？」

「バスケットボールだけど。小、中、高とバスケ部だったし」

「かっこいいなあ。僕は運動音痴だから憧れるよ」

ネルシャツの男が目を細めた。どこか抜けているけれど、根はいい人のようだ。だから巨額の借金をするハメになったんだろうけど。

「チームが弱かったから大したことないって」

「バスケット選手の中では誰が一番好きなんだ？　その選手の名前にしようぜ」

スーツの男が自信満々に言った。

賛成だ。それなら覚えやすい。

「マイケル・ジョーダンだけど」

食卓の空気が固まった。まさか外国人が来るとは思っていなかった。

「オレが好きなのはNBAなんだもん。ジョーダンは神レベルのレジェンドだし」

「鈴木ジョーダンでいきますか……」

ネルシャツの中年男が困った顔になる。

「目立ち過ぎやろ！」

わたしは、反射的に肩を叩いた。漫才をやっている場合ではない。

「ならば、ジョーを取ってしまおう。今日から君は鈴木ダンだ」

スーツの男が、真顔で言った。

「マジ？　ダサくない？」

「地味ではないと思うけど覚えやすいね。でも、漢字はどうやって書くんよ」

「弾むと書いて《弾》だ。バスケットボールが弾ねるイメージだからぴったりだろ」

スーツの男はあくまで大真面目である。まあ、確かに「ダン」というのは悪くない。

「自己紹介の練習をしておこう。ほら、近所の人が目の前にいると思って挨拶《あいさつ》してみろ。ほらっ。立て」

「マジかよ……」

パーカーの青年が渋々と立ち上がり、不貞腐《ふてくさ》れた顔で頭を下げた。

「ども。鈴木ダンです」

スーツの男が唐突に拍手をした。無理やり、場を盛り上げようとしている。わたしとネルシャツの中年男もつられて拍手をした。パーカーの青年……鈴木ダンは小首を傾《かし》げながら座に戻った。

「あんたの好きなものは何？」

今度は、わたしに振ってきた。完全にスーツの男の独壇場だ。

「……食べることやけど」

「グルメなんですね。さすがカフェを経営していただけのことはありますね」

ネルシャツの中年男が、おべっかを使うように言った。毎月赤字だったから、キチンと経営していたとは言えない。夫の会社の税金対策だと思っていたし、正直、商売をしている感覚はなかった。

「一番好きな食べ物は？」

スーツの男が質問を続ける。

「そんなん、決められへんわ。イタリアンも好きやし、和食も中華も大好物やし」

「毎日、必ず食べるものは？」

「えっ……梅干し？」

「決まったな」

「鈴木ウメ？ ウケるんですけど。フネとあまり変わんないじゃん」

ダンが爆笑した。なんかムカつく。

「身長が低いから小梅にしよう」

「なるほど。身体的特徴もプラスすれば、なお覚えやすい」

スーツの男の提案に、ネルシャツの中年男が賛同した。

「今日からあんたは鈴木小梅だ」スーツの男が深く頷く。「さあ、近所の人に挨拶をしようぜ」

反論の隙さえ与えてくれない。だからといって、他にいい名前は思いつかなかった。

わたしは立ち上がり、三人の男たちに挨拶した。

「最近、引っ越して来た鈴木小梅と言います。よろしくお願いします」

三人の拍手に、恥ずかしくて耳まで熱くなる。どうやっても違和感が拭《ぬぐ》えなさそうな名前だけど、新しい家族を演じるためには、これくらい極端なほうが切り替えができていいのかもしれない。

「おじさんの好きなもの教えてよ」

ダンがネルシャツ中年男に訊いた。

「えっとですね……好きなものって咄嗟《とっさ》に出てこないなあ」

「好きなスポーツは？」

「これといって……さきほども言いましたけれど運動音痴なものですから」

「好きな動物とか」

「強《し》いて言えば猫ですかね。子供の頃に飼ってましたから」

「じゃあ、鈴木猫次郎でいいんじゃない？　もしくは鈴木猫丸」

ダンが調子に乗って悪ノリする。

「猫が好きな食べ物は？」

スーツの男が交代してネルシャツの中年男に訊いた。ダンのテンションに苛ついているのがわかる。

「……カツオブシですか？」

「決まった。今日から鈴木カツオでいこう」

「サザエさんに戻ってるやんか！」

わたしは、つい声を張り上げた。

「大丈夫。カツオは磯野家の中でも一番地味な名前だ。はい。自己紹介」

ネルシャツの中年男が戸惑いを隠せず、立ち上がる。

「鈴木……カツオです」

スーツの男が拍手をした。わたしとダンもとりあえず合わせて手を叩いた。

ネルシャツの中年男……鈴木カツオが座り、スーツの男に質問をした。

「あなたは何が好きなのですか」

「ミリタリー関係だな」

スーツの男が即答する。

「あの……ミリタリーとは？」

「銃とかナイフとか戦車とか戦闘機とか。そういうものにゾクゾクするんだ」

さっきのサザエさんの知識といいオタクなのか？　わたしを裏切った夫といい、人は見かけによらない。見た目だけで判断すれば必ず騙《だま》されることになる。

「すっげえよなあ。武器に詳しいなんて」

ダンが妙なところに感心する。

「暇があれば武器のことばかり考えているな」

「ほんじゃあ、武器の武を取ってタケシでええんちゃう」

わたしはヤケクソ気味に言った。こいつの名前なんてどうでもいい。

「嫌だ。地味過ぎるだろ」

「地味ちゃうやん。大御所北野武《きたのたけし》と同じやで。決定。今日から鈴木タケシな。早く自己紹介してや」

スーツの男はため息を漏らし、しかめ面《つら》で自己紹介をした。

「小梅の夫のタケシです」

ダン、小梅、カツオ、タケシ。これで、全員の名前が決まった。

スーツの男……タケシが座り、もう一度、重いため息をついて呟いた。

「鈴木か……家族ごっこというより鈴木ごっこだな」

全員が暗い表情になる。名前を与えられたことによって、現実味を帯びてきたのだ。

9

大阪での最後の食事は、近所にある何の変哲もないラーメン屋だった。家族三人は終始無言のまま、何の変哲もない醤油ラーメンを啜った。閉店間際だったので他に客はなく、店の隅のテレビから流れるバラエティ番組の笑い声が、余計にわたしの孤独感を煽《あお》った。

食欲があるわけなく、三人ともラーメンを半分以上残した。

「体には気をつけてね……」

泣きそうになるのを我慢して、娘に言った。夫の健康についてはどうでもいい。なんなら明日にでも野垂れ死んで欲しいぐらいだ。

離婚もせず、家族のためにわたしが犠牲になろうと決めたのは娘のためだ。借金を返さなければ、スキンヘッドは娘を毒牙にかけるだろう。

やるしかない。娘はわたしが守る。

しかし、娘は相変わらずスマートフォンを見つめたままで、返事すらしてくれない。

「ご飯をちゃんと食べてね。インスタントとかで済ませたらあかんで」

それでも無視だ。夫が娘に何か言おうとしたが飲み込んだ。父親の資格を失ったことは自覚しているらしい。

お会計をして店を出た。夫はタバコを買いにコンビニに寄り、わたしと娘は肩を並べて、新なにわ筋をトボトボと歩いた。

「本……どこにある？」

娘が、星のない夜空を見上げながら言った。

「何の本？」

「料理の本。ママが帰ってくるまで、ウチがパパにご飯を作るわ」

「……ありがとう。ママも頑張るね」

わたしは娘を抱きしめた。もっと早くこうすればよかった。わたしたち家族は、あんなに近くにいたのに、互いを遠くから見ているだけだった。

手を伸ばして、触れることもできたのに。

娘が鼻を啜り、言った。

「ママ、最後に一緒に写真撮らない？」

10

「この家にある家具……前に住んでいた人の物なのですかね」

カツオがリビングを見渡して言った。

高級な家具の数々に目を奪われる。どう見ても金持ちの家だ。

「これ、けっこういいテレビだよね。プラズマとかじゃない？　冷蔵庫もちょーデカイし。人工知能でかしこく節電とかやりそう」

ダンが子供みたいにはしゃぐ。だが、中学生には到底見えない。

「家事はどう分担する？　俺は料理とかしたことないけどな……」

タケシがカップラーメンのスープを飲み干して言った。

「ウチがやるよ。あんたの作ったご飯なんか食べたくないし」

「あんたではない。俺の名前はタケシだ。気をつけろよ、小梅」

「はいはい」

早くも夫気取りだ。鬱陶しくて仕方がない。

「やべっ。タケシさん、父親モードじゃん」

「おい、父親に対してタケシさんはおかしいだろう」

からかうダンを、タケシが落ち着いた声で窘《たしな》める。

「今はいいじゃん。近所の人は誰も見ていないんだし」

「普段から慣れておかないと失敗するぞ、ダン」

「わかったよ、父さん」

聞いているこっちが照れ臭い。わたしはこの男を何と呼べばいいのだろう。「あなた」なんて絶対に嫌だ。

「私たちの前に、住んでいた家族は、どこに行ったんですかね？」

カツオの言葉にわたしの背筋は冷たくなった。人が生活していた匂いは残るものだ。

「この状態だと、夜逃げでもしたんでしょうか？」

「……知らんわ。他人のことなんて気にしてられへん」

「母さんは冷たいなあ」

ダンが、無理やり息子になって接してくる。

「いなくなった人を心配してもしゃあないやんか」

「どこかで会うかもしれないじゃん。同じ家に住むんだからさ」

「会いたくないわ。一刻も早く、こんな気味悪い家から出て行きたいねん」

「一年間の我慢だ。楽しく過ごせばあっという間だよ」

タケシが力のない声で言った。

「楽しく」なんて不可能だ。本当の家族でも、楽しい時間なんてほとんどないのに……。

「ごちそうさまでした」

ダンが食べ終えたカップラーメンの容器を持ってキッチンへと運ぶ。タケシもそれに続いて席を立った。カツオはトイレに行き、わたしは一人で食卓に残された。

お腹が減った……。

でも、わたしはカップラーメンを食べない。一口だけで、あとは手をつけていなかった。食べてはいけない理由がある。明日から新しい家族のために、栄養バランスの取れた食事を作らなければいけない。いつか、美しい食卓で、娘と美味しいご飯を食べるため、わたしは鈴木小梅になるのだ。

今日から、鈴木ごっこが始まる。

第二話　キャッチボールと缶コーヒー

1

七月一日。

昼下がりの蟬《せみ》の鳴き声がうるさい。クーラーが効いたリビングから庭に出ると、あっという間に全身から汗が噴き出してくる。

「お待たせ、お父さん」

鈴木ダンは、キッチンで作ったイチゴのかき氷を、縁側に腰掛ける鈴木タケシに渡した。

「おう、サンキュー」

頭にタオルを巻いて甚平《じんべえ》を着ているタケシが、強い日差しに目を細めて受け取る。

ダンは夏服の中学校の制服のボタンを上から二つ外すと、タケシの隣に胡座《あぐら》をかいた。不登校気味の設定で、学校に毎日通っているわけではないのだが、小梅が普段から制服を着ろとうるさいので仕方なく着ている。

最近、中学生の息子役にも慣れてきた。もう、父親役のタケシとこうやって並んでも照れ臭くはない。傍《はた》から見れば、二人は本物の親子に映るのだろうか。

「うん。うまい」

かき氷を食べたタケシがニンマリと微笑む。この男の素性は何も知らないが、ダンには優しい。春に初めて出会ったときの印象とはだいぶ違う。

「やっぱり、この季節はかき氷だよね、お父さん」

「夏真っ盛りだもんな、ダン」

「三ヵ月経《た》ったけど、まだ、その名前に慣れないよ」

そう言いつつ、実はかなり気に入っている。自分の本当の名前より好きだ。

「いい加減、慣れるしかないだろ。近所の人たちとはコミュニケーションを取っているのか？」

「一応、この学生服を着てウロウロするようにはしてるけど。お父さんは？」

馬鹿馬鹿しいとは思いつつ、与えられた役割は演じ続けていた。

「もともと人見知りだから近所づきあいは苦手だが、何とか隣の二階堂家とは挨拶ができるようになってきたよ」

「オレも、二階堂家の人と話したことがある。あの人たち、すげえ優しいよね。奥さん、超美人だし。娘もめっちゃ可愛いし」

「たしかに美人親子だな」

タケシが庭を見つめながら言った。そこまで広くはないが、素敵な庭だと思う。小梅が花壇に植えたひまわりが元気に咲いている。

ダンは密《ひそ》かに小梅を尊敬していた。母親というよりは、召使みたいに身を粉《こ》にして家事をやってくれている。とくに料理の腕は半端じゃない。

「二階堂家の奥さん、芸能人の誰かに似てるよね？」

「月9の女優がセレブな主婦になった感じがするな」

「うまいこと言うね、お父さん」

それぐらいの美人なのだ。あんな規格外の主婦はダンの地元には存在しない。

「娘のほうはＡＫＢの研究生にいそうな感じだな」

「そうだね……」

隣の娘の制服姿を思い出しただけで、心臓が勝手にバクバクする。アイドルみたいにキャピキャピしていなくて普通の女子高生だが、そこがまたよかった。

二十歳を過ぎて女子高生に惹《ひ》かれるなんて、自分はロリコンではなかろうかと少し不安もあるが、この変な生活の中での楽しみは、家の前で隣の娘とたまに会うことだけだった。

「さすがに日本で有数の一等地だ。二階堂家みたいな嫌味じゃないセレブが実在するのだからな」

タケシが皮肉じみた口調で顔をしかめる。

「旦那さんもいい人だしね。やたらと地味だけど」

「真面目一筋に人生を歩んできましたって顔してるよな。でも、案外おしゃれだから、仕事は派手なのかもしれんな」

どうやらタケシは、隣の旦那さんのことが気に入らないようだ。

「そうだよね。スーツを着てるとこを見たことがないもん。公務員とかのお堅い仕事じゃないよね。でも、顔は地味なんだよなあ」

はっきり言って、美人過ぎる奥さんとのバランスが取れていない。奥さんには独特の妖《あや》しい雰囲気があるのだ。それが熟女のフェロモンなのかどうかは、まだ若いダンには知る由もないが。

「理不尽だとは思わないか」タケシが、かき氷を食べる手を止めて言った。「俺たちと違って、ああいう人種は、あらかじめ幸せを約束されてるんだ」

ダンは何も言えなかった。こんなことになるまでは、自分はそこそこ幸せだったと思う。家族がおかしくなったのは、いつからだろう。

2

子供のころは父親とのキャッチボールが好きだった。

近所の公園に二人で行き、ボールが見えなくなるまで続けた。父親がキャッチャーで、ダンがピッチャーだった。

ダンには姉が三人いる。待望の男の子だったので、父親からはとくに可愛がられていた。

「スピードよりも大事なのはコントロールだぞ」

父親の口癖だった。十球連続ストライクが取れるまではキャッチボールを終わらせてもらえなかった。

でも、全然、辛《つら》くなかった。早く帰りたくないときは、九球まではストライクを投げて、最後の一球はわざと外したりもした。

「今のはいい球だったぞ」

「うん」

「もう少し、足を高く上げてみろ」

「うん」

「集中しろ。プロ野球の選手になるんだろ」

「うん」

返事をして、黙々と投げるだけ。会話らしい会話はなかったけど、すごく楽しかった。父親がミットを構える位置にうまく球がいき、父親が「よしっ！」と喜んでくれるのが何よりも嬉しかった。野球が上手《うま》くなるより、父親の喜ぶ顔を見たかっただけかもしれない。

自分に野球の才能がないと思い知ったのは小学校四年生のときだ。少年野球のチームに入ったものの、ピッチャーにはなれなくて半年で辞めた。だから、中学校では野球部ではなく他の部活に入った。

キャッチボールをしなくなってから、父親との会話がなくなった。お互い家の中にいるのに顔を合わせることすらなくなった。

そのときはまだ家が裕福だったから私立の高校に通わせてもらえた。勉強をそこそこ頑張り、部活でストレス発散程度に汗を流し、友達とカラオケやファストフード店で時間を過ごし、無難な青春時代を送った。

もうそのころには、父親を喜ばせたい気持ちなんて忘れていた。「よしっ！　いいぞ！」とミットを叩き、ボールを投げ返してくれた笑顔も。

大学時代、父親と大喧嘩した。ダンが大学を中退すると言ったからだ。

「父さんの期待どおりの息子にはなれないし」

この言葉が、父親の怒りに火をつけた。

「そんなことは求めてないだろ。お前らしく生きてくれたらそれでいい」

「じゃあ、大学を辞めてもいいじゃん。やりたいことが見つかったんだから」

「卒業してからでも遅くはないはずだ」

やりたいことというのは、世界一周の船旅だった。ボランティアスタッフとして参加すれば、旅費もかなり安くなる。

「就職するつもりもないし、卒業なんて意味ねえよ」

「なら、どうやって食っていくつもりだ。お前はこの先、嫌でも生きていかなきゃいけないんだぞ。結婚はどうする？　老後は？」

正論にぐうの音も出ない。少年野球でピッチャーを諦めたときと同じで、現実から逃げているだけだ。

別にどうしても世界一周をしたいわけではなかった。二十歳になっても夢が見つからないことに焦りと苛立《いらだ》ちを感じていた。卒業して就職活動をして、たまたま入れた会社に勤めて年老いていく自分を想像するだけで吐き気がした。

「大学を卒業して就職をしたほうがいいに決まってる。好きなことをする前に、まずは足元を固めるのが先だ」

「もういいって……」

「何がいいんだ！　お前のためを思って言ってるんだろ！」

「しつこいんだよ！」

「親に向かってなんだその口の利き方は！　誰がここまで育ててやったと思ってるんだ！」

「うるせえな！」

ダンは、カッとなって、たまたま手に持っていたコーヒーの空き缶を投げつけた。父親は反射的に手を出したがキャッチすることはできず、缶コーヒーが乾いた音を立てて額に直撃した。

その日以来、父親とは口を利いていない。世界一周もやめた。

3

「しまった。練乳を忘れた」

タケシが舌打ちをした。舌打ちはこの男の癖だ。

かき氷器や材料を買い揃《そろ》えたのはタケシだった。家事に忙しい小梅と違って、仕事をしていない鈴木家の男たちは、暇な毎日をどう過ごすかに頭を悩ませていた。

「いいじゃん。これで充分だよ」

ダンはかき氷をガツガツと食べた。早く平らげないと溶けてしまう。さっそくこめかみがキンキンと痛くなる。

「今度は宇治金時にしよう」

「いいね！」

時間がゆっくり流れていく。うるさいと思っていた蟬の泣き声も心地よく感じる。

かき氷を食べ終えたころ、鈴木カツオが帰ってきた。

「いやあ、今日も暑いねえ。《ガリガリ君》をゲットしてきたよ」

カツオは手にコンビニの袋と図書館の本を持っていた。一応頭は白髪だが、服装はアロハシャツに短パンである。

「ちょっと、カツオじいさん。何だよ、その格好？」

タケシが眉間《みけん》に皺《しわ》を寄せる。

「えっ？　普通じゃないですか？」

「若々し過ぎるって」

「アロハだもんね」

ダンも同意する。若々しい以前に目立ってしまう。

「頭は白髪に染めてますよ」カツオが拗《す》ねたように言った。「若作りしているおじいちゃんって設定ではダメですかね。そもそも、今どきの六十歳ってこんな感じじゃないかな……」

「アロハはまだいいにしても、『ゲット』っていう言葉使いはやめようぜ。痛々しいよ」

「すいません……」

カツオがシュンとなり、縁側に腰を下ろす。

「トイレに行くついでに《ガリガリ君》を冷凍庫に入れてくるよ」

タケシは少し言い過ぎたと思ったのか、コンビニの袋をカツオから受け取ると家の中へと入っていった。

カツオが苦笑いをダンに向ける。

「怒られちゃった」

「カツオじいさん、勝手に買い物しちゃダメじゃん。お母さんの了解は取ったの？」

「あれは買ったんじゃないんだよ。二階堂家の奥さんに貰ったんだ」

「えっ？」

「図書館でばったりお会いしてさ、帰りも一緒だったの。家に着いたら、『ちょっと、待っててください』って、わざわざお家から《ガリガリ君》のファミリーパックを持って来てくれて、『ご家族の皆さんと召し上がってください』と頂いたってわけ」

「いい人だなあ」

「いやあ、ほんと素敵な奥さんです」

カツオがニンマリと笑う。

鈴木ごっこが始まってすぐ、この男がむっつりスケベだとわかった。本人はどれだけ自覚しているか知らないが、家事をする小梅の胸やお尻をいつも目で追っている。

小梅はカツオの悶々《もんもん》とした雰囲気に気づいているとは思うが、まったく意に介していない。むしろ、夏になってからはピッチリしたTシャツや太もも丸出しのショートパンツで家の中をウロウロするようになった。

「今日は何を借りてきたんですか？」

ダンは、カツオの膝《ひざ》の上の文庫本を見て訊《き》いた。

「アガサ・クリスティーだ。ポアロシリーズをもう一度読みなおそうと思って。ドンデン返しがたまらないからなあ」

「カツオじいさん、小説、好きだよね。ずっと読んでるじゃん」

「時間を潰《つぶ》すのには持ってこいだからね。ダン君も読んでみたら？　都立中央図書館は大きくて最高だよ。近くに聖心女子大があるから若い女の子も多いし」

「オレはいいや。他のことで時間潰してるし」

何をして時間を潰しているかは秘密だ。誰にも言っていない。

「ネット世代だもんなあ」

「スマホもパソコンもないけどね」

鈴木家に、電話やネット環境はない。外部と連絡を取らせないためだ。小梅だけ、スキンヘッドの男から通話専用のガラケーを持たされている。

スキンヘッドの男と会ったのは、この家に連れて来られたときが最後だ。あんないかつい風貌の男がいつも家にいたら、近所の人から怪しまれてしまう。様子すら見に来ないのは有り難かった。

「ちなみに、二階堂家の奥さんは時代小説を借りてましたよ」

「なんだか、知的だなあ」

美人なのに賢いなんて、無敵ではないか。ますます、地味な旦那さんを選んだ理由が知りたくなる。

タケシが麦茶をとって戻って来た。麦茶は、小梅が安売りのスーパーで水出しパックを購入していた。彼女は節約の達人でもある。

「それにしても二階堂家は俺たちのことを完全に家族と思っているな」

タケシが胡座をかき、麦茶をグビグビと飲む。

「騙《だま》せるもんだよね。オレ、最初は外に出るのもビビってたけどさ」

所詮、他人の顔なんてそこまでじっくりと見ていないのかもしれない。隣の奥さんと娘も美人ではあるが、全然違うタイプの美人だ。ただ、娘と父親はよく見ると目元が似ているから、親子ってのは不思議なもんだ。

「いつバレるかとドキドキしちゃいますけどね」カツオがしんみりと呟《つぶや》く。「本当に、こんなことで借金がチャラになるんですかね……」

「なると信じるしかないだろ」

タケシが自分に言い聞かせるように言った。

「ラッキーだと思わなきゃ。家族のふりしてるだけで二千五百万円の借金がチャラになるなんて夢みたいな話じゃん」

「そうなんですけどね……ところで小梅さんはお買い物ですか？」

カツオの問いに、タケシが神妙な顔つきで首を横に振った。そういえば、昼前から小梅の姿を見ていない。いつもならば、洗濯をしている時間なのに。

「突然、呼び出しをくらったんだよ」

「はい？　誰に？」

「俺たちをここに連れてきたヤクザだ」

4

蟬の鳴き声が、一斉に止《や》んだような気がした。

「あのスキンヘッド？　マジかよ……」

「奴から『駅前のファミレスにいるから小梅だけ来い』と電話があったみたいだ」

「どうして、小梅さんだけ……だって今までは電話でしかやりとりしてこなかったじゃないですか？　食費も用意された口座に振り込まれるだけだったし。ここに来て、いきなり呼び出しって……」

カツオがそわそわと体を揺らす。

「もしかしたら……」

タケシが意味深に呟き、ゴクリと麦茶を飲んだ。

「えっ、何々？」

「なんですか？」

ダンとカツオは同時に身を乗り出し、縁側から落ちそうになった。

「いや、やめておこう。憶測はよくない。波風を立てるなら、きちんとした根拠が必要だからな」

タケシが言葉を濁した。

「話しましょうよ。憶測は大歓迎ですから」

「もしかして、あのこと？」

話を促そうとするカツオを尻目に、ダンはずっと気になっていた小梅の行動を思い返した。まだ、誰にも話してはいない。

「えっ、ダン君も知っているわけ？」

タケシが疑《うたぐ》り深そうに言う。

「そりゃ、三ヵ月も一緒に暮らしてるんだから、お母さんの色々な面が見えてくるよ」

「どんな面だよ。料理がうまいとか？」

「それ、二日目でわかったじゃん」

「ここぞとばかりに鶏肉のキーマカレーを作ったもんな」

タケシが鼻を鳴らす。

「そういうのじゃなくて隠れた一面だよ。オレが知っているのは、お母さんが毎晩、自分の部屋で泣いてること」

ついに告白した。

「えっ？　毎晩？　何が理由で泣いてるんだ？」

　タケシとカツオが目を丸くする。二人の寝室は小梅の寝室と離れているから知らないのだ。

「理由まではわからないよ。昨夜も、お母さんが使ってる部屋の前を通ったらシクシク声が聞こえてさ。覗《のぞ》いたら写真を見て泣いてたよ」

「覗いたのか？」

「たまたま、部屋のドアが少しだけ開いてたんだよ」

「一体、何の写真を見て泣いていたんだろうな」

「気になりますね……。飼っていた犬に会えなくて寂しいとかですか？」

「動物は苦手だって言ってたよ。ペットの毛のアレルギーがあるんだってさ」

「ペットではないとすると……子供ですか？　私も夜中になると子供の写真を見て目頭が熱くなります」

　カツオが鼻を啜《すす》った。カツオに子供がいることは、初日に打ち明けられていた。

「実は結婚しているけど、俺たちに隠しているとか？」

「離婚して養育権を夫に取られたのかもしれませんよ。黙っているのはただ思い出したくないだけなのかも」

「あの女がそんなタマかな？」

タケシが不敵な笑みを浮かべた。

ちなみにタケシは自分の借金の理由については、いまだ教えてくれない。けれど、おそらく非合法なビジネスにでも手を出したんだろう。言動の端々から、アウトローの貫禄《かんろく》が垣間見《かいまみ》えるのだ。

「タケシさんは、小梅さんの何を知っているんですか？」

カツオの質問に、タケシの笑みはますます不敵になった。

「そこ、そこ、衝撃の事実だよ」

「もったいぶらずに教えてよ」

ダンもそわそわして急かすと、タケシが思い切りもったいぶって麦茶を飲み、声をひそめて言った。

「小梅の背中に刺青《いれずみ》があったんだ」

マジかよ……。

予想外の答えにクラクラした。家事をせっせとこなす小梅からは想像もつかない。

「刺青って……あの？」

カツオも愕然《がくぜん》としている。たぶん、小梅に淡い恋心を抱いていたんだろう。ショックも大きいに違いない。

「和彫りの登り竜だった。まだ、色は入ってなかったがな」

「シ、シールとかではないのですか？」

「貼る意味あるか？　意味不明だろ」

「そもそも、どうして小梅さんの服を脱いだ姿を知っているのですか？　たしかに〝夫婦〟ではありますが……」

「たまたま……風呂場のドアが開いてたんだよ」

タケシがモゴモゴと口ごもり、目を泳がせた。

「本当に？　覗いたんじゃねえの？」

「今は、そんなことはどうでもいいだろ。肝心なのは小梅の正体だ」

ダンは半信半疑でカツオと顔を見合わせた。カツオは下唇を突き出し、信じられないという顔をしている。

「カフェのオーナーだったんだよね？」

この家に来た初日に小梅本人から聞いた情報だ。料理の上手さやテキパキと掃除をしている姿を見れば疑う気持ちも起きなかった。

「それも怪しい。たとえ、カフェの経営が事実だとしても、その前の職業は聞いていないだろ。とにかく、今、彼女が会っているのはスキンヘッドのヤクザなんだぞ」

「まさか、お母さんとあのスキンヘッドが付き合ってるとか？　それ、やべえよ」

「でも……あまりにも小梅さんのキャラからかけ離れていませんか？　にわかに信じられないなあ」

カツオはまだ納得していない。

「人は見かけによらないんだよ」タケシが悟りを開いたような顔になる。「ましてや、二千五百万円も借金をしている人間が集まっているんだから」

誰にでも過去や秘密はあるけれど、いくらなんでもカフェと登り竜の刺青は結びつかない。

「お母さんがヤクザの女？　やべえよ。じゃあ、毎晩、写真を見ながら泣いているのは？」

「組同士の抗争に巻き込まれて家族か大切な人を失ったとか……その傷を癒やすために、ほっこりとしたカフェを経営したとかな……」

「そこで、いきなりカフェが出てきますかねえ」

カツオがしきりに首を捻《ひね》り、自らを落ち着かせようと麦茶を飲んだ。

「二人とも、このことを小梅に根掘り葉掘り聞いちゃダメだぞ。あくまでも憶測なんだから」

へんなところが〝父親〟らしい。

気まずい沈黙の中、風に揺れるひまわりを見ながら三人でお茶を飲んだ。

5

ダンには夢がある。誰にも打ち明けたことのない秘密の夢だ。

——小説家になりたい。

そう思ったのは、鈴木家に来てからだ。

最初の一週間は絶望しかなかった。二十代で目が回るほどの多額の借金を抱え、得体の知れない連中と家族ごっこをしなければならないのだから当たり前である。毎晩、逃げ出そうかと悩んでいた。だが、逃げようにも金がない。「一年間、我慢すれば借金がチャラになる」というスキンヘッドの言葉を信じるしかなかった。

鈴木家のリビングでテレビを観ていると、バラエティ番組で、あるお笑い芸人が小説を出版すると宣伝をしていた。彼は不幸な生い立ちで幼少の頃に壮絶な人生を送ったらしく、その体験をベースに書籍化したようだ。

そのお笑い芸人のエピソードはかなり悲惨なものだったのに、スタジオは大爆笑だった。一緒にテレビを観ていたタケシが「他人の不幸は蜜《みつ》の味だもんなあ」とボヤいたときにピンときた。

じゃあ、オレのこの生活も小説になるんじゃね？

短絡的な考えだとは自分でもわかっている。でも、それぐらいポジティブにならないと、退屈で何もしない、ぬるい地獄みたいな日常には耐えることができなかった。小梅が作ってくれる料理を食べて、ゴロゴロするだけの毎日は、気楽なようで常に恐怖とも隣り合わせだ。

とりあえず、鈴木家に残っていた紙と鉛筆を掻《か》き集めた。原稿用紙なんて都合のいいものはない。

てか……小説ってどうやって書けばいいんだ？
まずはそこからだった。昔から読書感想文や作文の類《たぐい》は大の苦手だった。
ただ、文章が上手ければ小説家になれるってものでもないらしい。読書家のカツオ曰《いわ》く、目も当てられないほど酷《ひど》い文章力でベストセラーを連発している作家も存在するそうだ。
たしかに、テレビで観たお笑い芸人よりも文章力がある人間は、いくらでもいるだろう。だが、本が売れるのはどっちだ？　要は個性と話題性だ。
この経験は絶対に金になる。ダンはそう信じてペンを取り、鈴木家の出来事を箇条書きで書いていった。
朝：ツナと卵のサンドイッチ。トマトサラダ。バナナとヨーグルト。隣の女子高生と目が合う。可愛い。
昼：野菜たっぷり焼きそば。納豆。おやつに手作りのアップルパイ。
夜：豚汁。ブリの照り焼き。豆腐サラダ。手作りのシソドレッシングが美味《うま》い。
朝：しじみの味噌汁。焼き鮭。ひじきの煮物。納豆。
昼：生姜《しょうが》焼き丼。納豆。大根サラダ。自家製のキムチとマヨネーズが最高。

夜：ロールキャベツ。ミネストローネ。
朝：トースト。目玉焼きとベーコン。ほうれん草のサラダ。キウィとヨーグルト。
昼：たらこのカルボナーラ。びっくりするぐらい美味い。おやつに手作りプリン。
夜：鶏の唐揚げ。コーンスープ。海老とアボカドとトマトのサラダ。隣の女子高生とコンビニで遭遇。私服がめっちゃ可愛い。
朝：豆腐の味噌汁。鯵《あじ》の干物。切り干し大根。納豆。
昼：マグロの漬け丼。山芋短冊。おやつに豆乳のレアチーズケーキ。
夜：ハンバーグ。卵スープ。新鮮な野菜のバーニャカウダ。
朝：トマトとレタスのサンドイッチ。イチゴとヨーグルト。隣の女子高生に挨拶される。テンション上がった。
昼：麻婆《マーボー》豆腐丼。春雨サラダ。おやつに手作り杏仁豆腐。
夜：チキンカレー。オニオンスライスとトマトサラダ。
朝：大根の味噌汁。油揚げと小松菜の煮浸し。トマトマリネ。納豆。
昼：昨夜の残りのルーを使ったドライカレー。おやつに白玉ぜんざい。
夜：鯖《さば》の味噌煮。海藻のスープ。きんぴらごぼう。ほうれん草の胡麻和《ごまあ》え。

朝：クロワッサン。グレープフルーツ。ヨーグルト。
昼：あさりのうどん。ニラ玉。おやつに甘納豆。隣の女子高生とすれ違う。いい匂いがした。
夜：イカとセロリの炒めもの。トマトとルッコラのサラダ。里芋とひき肉のあんかけ。豆腐の味噌汁。

マジかよ……。

一週間続けて書いてみて、愕然とした。ご飯と隣の女子高生のことしか書いていないではないか。

それにしても小梅の料理が凄《すご》すぎるのだ。ただ作るだけではなく、栄養のバランスも考えてくれている。とにかく野菜が多く、ヨーグルトや納豆の発酵食品も頻繁に並ぶせいか、お通じの調子が半端じゃない。タケシとカツオも同じで、毎朝、トイレの争奪戦になるぐらいだ。

……どうして、赤の他人にここまでしてくれるのだろう。

有り難いが、献身的な小梅がたまに怖くなるときがあった。

6

「あんたら、何してんの？」

突然、縁側に、スーパーの袋を持った小梅が現れた。ボーダーのシャツに白いふわりとしたスカートという爽《さわ》やかな格好である。

本当に刺青があるのかよ……。

信じろというほうが無理だ。誰が見てもカフェの店員にしか見えない。

「こんなところで暑くないの？」

たった今、小梅の噂話をしていたので、男三人がぎこちない空気になる。

「何よ、この空気？」

小梅がスーパーの袋を足元に置き、腕を組んだ。袋には大量のジャガイモが入っている。

「小梅も……麦茶を飲むか？」

タケシが平静を装って訊いた。

「いらん」

「冷たくて美味《おい》しいですよ」

カツオが引き攣《つ》った笑みを浮かべる。

「いらんて。男三人で何の話をしとったんよ、ダン」

「いやいや、別に……」

　刺青の話だと言えるわけがない。

「ウチの悪口言うてたんやろ？」

「いつもご飯を作ってもらったりしていてお世話になっているのに、そんなこと言うわけないじゃないですか」カツオが必死でフォローをしようとする。「今日は随分、大量のジャガイモですね。安売りしていたのですか」

「誤魔化《ごまか》さんとって。ジャガイモは今関係ないでしょ」

「す、すいません」

「言いたいことがあるんやったら、本人の前で言ったらええやんか」

「そういうわけではないんですけど……」

カツオは助けを求める目をタケシに向けた。タケシは無視して麦茶を飲んでいる。カツオもダンも汗だくだ。

「ダン！　教えて！　正直に言わんとジャガイモぶつけるで！」

小梅がスーパーの袋に手を突っ込んで凄んだ。小柄だが、関西弁で怒鳴られると怖い。

「ひゃあ！　ごめんなさい！　殺さないで！」

ダンはビビって両手で頭を押さえた。

「ジャガイモで死ぬわけないやんか」

ジャガイモではなく、スキンヘッドが怖いのだ。ダンは昔から暴力が大の苦手で、まともに喧嘩すらしたことがない。

「ダン、怯《おび》え過ぎだ」

タケシが呆《あき》れてため息を漏らす。

「ウチ、何かした？」

「しょうがない。すべて話そう。一緒に暮らしているのに隠し事はよくないからな」

……言うのかよ？

カツオも顔を強張《こわば》らせ、ごくりと喉を鳴らした。

「そうやで、あと九ヵ月も一緒におらなアカンねんから。早く言ってや」

「実は、カツオじいさんとダンが……」

「えっ？」

いきなり自分に振られてパニックになった。カツオもポカンと口を開けている。

「二人がどうしたん？」

「小梅のことを好きになってしまったんだよ。同時に」

「はい？」

小梅もあんぐりと口を開けた。

何言ってんだよ、おっさん……。

カツオはまだしも、どうして、ダンまで小梅を好きになる必要があるのだ。

「そうだよな？」

タケシがギロリと睨《にら》みつけて強引に同意を求める。ダンとカツオは頷《うなず》くしかなかった。

「やめてや……何言ってんのよ」

小梅が照れたのか、動揺を見せる。

「二人が小梅を巡って大喧嘩をしていたから、冷たい麦茶で頭を冷やそうとしていたわけだ。そうだよな？」

どんな喧嘩だよ……麦茶で仲直りって……。

それでも頷くしかない。

「……ウチのために喧嘩を？」

「殴り合う寸前だった。いや、カツオじいさんがダンを一発殴った。そうだよな？」

「ごめんよ。ダン」

カツオがタケシの猿芝居に付き合う。こっちも乗るしかない。

「もういいって。カツオじいさん」

「ほらっ、握手しろ」

二人は微妙な表情を作って握手をした。ヤバい。笑いそうになる。

「それで、変な空気やったんや」

「そういうことだ」

小梅が戸惑いの表情のまま、ジャガイモを持ってリビングへと去っていった。

「どうして、嘘つくんですか？」

カツオが小声でタケシを問い詰める。

「あの場を丸く収めるためだよ。とりあえず、小梅を好きなふりを続けてくれ」

「勘弁してくださいよ」

「やべえよ」

怖くて泣きそうになってきた。背中に刺青がある人を騙したくはない。

7

足音が近づいてきたので、三人は体を硬直させて無言になった。硬い表情の小梅が、麦茶のおかわりを持って戻って来る。

「二人とも気持ちは嬉しいけど、今、恋愛なんかしてる暇ないと思うねん」

男三人はロボットみたいな動きで頷いた。

「だいたい、ウチのホンマの姿を何も知らんやんか」

思わず、タケシの横顔を見た。

もし、小梅が本当にヤクザの女だとしたら……その秘密を知ってしまったとしたら……この鈴木ごっこはどうなるのだろう。

「あと九ヵ月も同じ屋根の下で家族を演じなアカンわけやし……正直、困るわ」

「わかった。二人とも、きっぱりと諦めろ」

「はい！」

ダンは背筋を伸ばして返事をした。誤解されるのは、こっちも嫌だ。どちらかというと隣の女子高生に恋しているのだから。

「たしかに、恋愛なんかしてる場合ではないですもんね」

カツオは残念そうである。小梅の態度を見れば、カツオに男として興味がないのは一目瞭然《りょうぜん》だ。

「そうやで、仲間同士ではね」小梅が意味深なトーンで言った。「それより、実は大変なことになったんよ。さっき、スキンヘッドから新しい指令が出てん……」

新しい指令……何だよ、それ？

とてつもなく嫌な予感がする。タケシとカツオも不安げに顔を見合わせた。

気まずい沈黙のあと、小梅が重たい口を開いた。

「隣の二階堂家の奥さんを落とせって」

落とせ……？

「つまり……恋に……落とせ、ということですか」

カツオが嚙《か》みしめるように訊いた。

小梅が暗い顔でコクリと頷く。

「母さん、意味がわかんないってば」

「だから、あんたらのうちの誰でもいいから、二階堂家の奥さんと不倫せなアカンのよ」

「マジかよ……」

「つまり……肉体関係を持てと」

カツオが、餌を貰えない鯉《こい》のように口をパクパクさせた。ついさっきまで、美人の奥さんと会っていたのだから衝撃が大きいのだろう。

「期限はあと九ヵ月。できへんかったら借金はチャラにならへん。一年分の家賃や生活費を上乗せして取り立てるって」

「無理に決まってんじゃん！」

「無理にでもやらなアカンの」

「なるほどね。スキンヘッドの狙いはこれだったわけか」

「ね、狙いって何ですか？」

一人で納得するタケシに、カツオが身を乗り出す。

「俺たちに家族を演じさせる理由だよ。二階堂家の奥さんというターゲットに自然に近づけるための手段だったってことだ」

「どうして、最初からそう言ってくれなかったんですかね？」

「ぎこちなくなって、二階堂家の奥さんを警戒させてしまうからだろ？　もし、『絶対に肉体関係を持たなくてはならない』という指令を最初から知っていたら、図書館で会ったときに自然に振る舞えた？　ガリガリ君を自然に受け取れたか？」

「厳しいでしょうね……おそらく、まともに目も見れません」

「て、いうか、二階堂家の奥さんを落とすことで、どうして、一億円がチャラになるわけ？」

ダンは小梅に訊いた。

　カラクリがわからなければ不気味だ。犯罪の臭いがプンプンする。

「ウチもスキンヘッドに同じ質問したけど、『お前らは不倫現場の写真と動画を用意すればいい』って言われて終わり。取り付く島もなかったわ」

「写真と動画？　そんな高等テクニック、持ち合わせてないですよ！　隠しカメラとかは用意してもらえるんですか？」

「カメラは数日中に宅配便で送ってくるって」

　それにしても、この指令の真意は何だ⁉

「もしかしたら、二階堂家の奥さんの実家が大金持ちとかね……。『旦那と別れたくなければ口止め料を払え』と脅す気だったりして」

「やべえよ……」

　口止め料で一億円も払うなんてありえるか？　そもそも、あの地味な旦那にそこまで魅力があるとも思えない。

　縁側に重い沈黙が流れた。蟬だけが元気に鳴いている。

8

「逃げちゃおうか」

ダンは堪《たま》らず提案した。

「どこに?」

タケシが小馬鹿にしたように鼻を鳴らす。

「そんなのわかんねえよ。テキトーにだよ」

「金はどうする? 地元に戻ったところで、スキンヘッドにすぐに捕まるぞ」

「ウチは逃げへんで」

小梅が力強い声で言った。

「そりゃ、お母さんは楽だよ。二階堂家の奥さんを落とさなくてもいいんだからさ」

「何言ってんのよ。ウチも協力するにきまってるやんか。あんたらに女心を教えるわ。スキンヘッドにウチ一人だけが呼ばれたのは、そういうことやねん」

「そういうことって？」

「ウチがリーダーになって作戦を遂行しろって」

「作戦ときたか」

タケシが、また鼻で嗤《わら》った。

「たしかに、小梅さんのアシストがなければ、二階堂家の奥さんを落とすのは難しいですよ。だって、僕は六十歳なんですから」

カツオが泣きそうになる。

「オレなんて十五歳だよ」

ダンも泣きそうだった。隣の女子高生に恋したところで、彼女よりも歳下《としした》という扱いなのである。それが、奥さんの方をターゲットにするなんて……。

「初期設定がミスったわ……」小梅が嘆く。「初めから知っていれば本来の年齢で勝負できたのに。でも、それじゃあ、家族にはなられへんかったし……」

「必然的に、タケシさんが二階堂家の奥さんを落とさなきゃいけないですね」座っていたカツオが立ち上がり、胡座をかいているタケシに懇願する。「お願いします！鈴木家の運命がかかってるんです！」

「プレッシャーをかけるなよ……」

タケシが自信なさげにうなだれる。いつもはプライドが高いくせに、肝心なところはダメ人間なのだ。それについては、ダンもカツオも人のことは言えないが……。

「小梅さん、女として、タケシさんの魅力はどうですか？」

「キモい。はっきり言ってキモ過ぎる。ウチは一番嫌いなタイプや」

カツオの質問に、小梅が嫌悪感丸出しで答える。

さすがにタケシもこれにはカチンときたのか、眉毛の上に太い血管を浮かべた。

「おい、俺はあんたに好かれるために生きてるわけじゃないからな」

「あんた、モテへんやろ？　正直に答えてや。この期《ご》に及んで見栄張ったらアカンで」

たしかに非常に重要なことだ。タケシが隣の奥さんを落とせなければ、一年間の鈴木ごっこが無駄になるだけではなく、全員がさらに追い込まれる。

しかし、タケシは不貞腐《ふてくさ》れた顔で黙りこみ、何も答えようとはしない。

ジリジリと太陽が照りつける庭先で、四人ともが汗だくになっていた。クーラーの効いたリビングに戻ればいいのに、誰も言い出そうとしない。

「あんた結婚してんの？」

小梅が腰に手を当て、タケシに訊いた。

「お前らに教える義務はない」

「アカン！」

「お母さんに従ってよ、お父さん！」

「お願いしますから教えてください！」

三人の剣幕に怯《ひる》んだタケシが、渋々と口を割った。

「結婚の経験は……ない」

「恋人はおんの？」

タケシが石を飲んだような顔になる。よほど、辛い過去があったのだろうか。

「……今はいない」

「いない歴はどれくらいなん？　見栄張ったらアカンで！」

「かれこれ……半年になるかな」

「ホンマに？　それ、どんな女の人？」

タケシの頬がヒクヒクと痙攣《けいれん》した。

「関係ないだろう」

「あるよ。大事な情報やんか」

「リーダーにちゃんと伝えてください！」

カツオが、タケシの腕を摑んで激しく揺らした。みんな必死だ。この三ヵ月、何もせずにダラダラと過ごしていた分、焦りが半端じゃない。

「夜の店で働いていた女の子だ……」

「もしかして、キャバクラの子？」

「答えてください！」

「まあ……出会った場所はキャバクラだな」

タケシの顔から、汗が滝のように流れる。

「……アカン、これ、付き合ってたんとちゃうわ」

小梅が呆れて髪を搔きむしる。

「いや、恋人同士だったよ。愛し合っていたはずだ」

「はずだ、ってなによ。お店の外でデートとかしたことあんの？」

「当たり前だろ。お店に入る前に買い物に行って、お店が終わったあと食事に行っていたよ」

「同伴とアフターやんか！」

こいつ……本物の馬鹿なのか。

もう少しまともな大人かと思っていた自分が情けない。これから、「お父さん」と呼ぶのが嫌になってきた。

「彼女がお店を休みの日には、会ったりした？」

タケシに対する小梅の質問攻撃は止まらない。

「馬鹿だな。その日は彼女を休ませなきゃダメだろ」

カツオがげんなりとした顔になる。

「彼女の家に行ったことはあるんですか？」

「彼女は実家だ」

「セックスは？」

小梅がトドメを刺す質問をする。

「な、何だと？」

「そのキャバ嬢とや、っ、たんかって訊いとんねん！」

「……プラトニックな関係だった」

タケシ以外の三人が、同時にため息を漏らした。麦茶のグラスの氷が溶けて、虚《むな》しい音を立てる。

「アホや。完全にえええお客さんやんか」

小梅の心ない言葉に、タケシが怒りを爆発させた。

「本人が恋愛だと思ってるんだから別にいいだろ！　そうさ。キャバ嬢に湯水の如く金を注ぎ込んださ。それが借金の理由だよ。笑えばいいさ。ほらっ、どうした？　笑えよ！」

タケシの怒鳴り声に、庭の木に止まっていた蟬がジジジッと逃げていく。蟬ですら、この家には居たくないみたいだ。

「この際、借金の理由はどうでもいいんです。私たちも似たような境遇ですから」カツオが悲しげな顔でタケシを宥《なだ》める。「それよりも、問題は二階堂家の奥さんを落とす方法です。どうか、冷静になってください」

「ウチらみんなで協力するから、素直に従って欲しいねん。一億円の借金をチャラにするために我慢してや」

「……すまなかった」

タケシが気の毒なぐらい肩を落として謝った。

9

五月には、早くも小説家の夢を諦めそうになっていた。

書くことがない……。鈴木家で起こることはあまりにも平凡過ぎる。

ダンは仕方なしに自分の〝本物の家族〟を登場させて書くことにした。だが、家族の素敵な思い出を書いても仕方がない。読者は「他人の不幸」をうまくエンターテインメントに昇華した物語を読みたいのだ。

不幸といっても、借金だけではインパクトに欠ける。二千五百万円は多額だが、それよりも遥《はる》かに大きな借金をしている人間はいくらでもいる。

借金よりも不幸なこと……。身内同士の殺人なんてどうだろうか？

息子が父親を殺す。もしくは、その反対。たまにニュースで見るが、現実味がなく、別世界の話だと思っていた。家族なのにどうして殺し合う？　どうしても理解できなかった。一体、どんな理由があれば家族を殺すことになるのだろうか。

ダンは自分の部屋を真っ暗にしてベッドに寝転がり、目を閉じて物語を編み出そうとした。

——回転しながら飛ぶコーヒーの空き缶が、スローモーションで父親の額に当たる。ブチ切れた父親は、雄叫《おたけ》びを上げて猪《いのしし》のように突っ込んでくる。

強烈なタックルでふっ飛ばされたダンは、壁に後頭部をしこたまぶつけて、意識を朦朧《もうろう》とさせながらぶっ倒れる。そして、馬乗りになった父親がグイグイと首を絞めてくる。

父親の台詞《せりふ》はどうしよう……。

『この馬鹿息子が！』

ダメだ。幼稚過ぎる。

『お前なんか育てなきゃよかった！』

もっと、ダメだ。コントだ。

『お前がこんな情けない男になったのは、すべて父親である俺のせいだ！』

……才能がないよな、オレ。

ダンはベッドの上で海老のように丸まり、頭を抱えた。もう一度、目を閉じて集中する。

回転しながら飛ぶのは、缶コーヒーではなく、軟式の野球ボールだ。

ミットに吸い込まれるよう収まり、父親が満面の笑みを浮かべる。

「よしっ！　いいぞ！」

「うん」

ダンは、父親がふんわりと投げ返してくれたボールをキャッチした。

10

「じゃあ、作戦会議しよう」

気を取り直したタケシが、シャキンと背筋を伸ばした。

「あんたと二階堂家の奥さんは、現時点でどれぐらい仲がいいの？」

小梅も縁側に腰を下ろしている。少し涼しくなってきた。遠くの空がわずかにオレンジ色に染まっている。

「挨拶する程度だな」

「よしっ。いい感じ。まだ、あんたの性格の悪さが相手にバレてへんってことやね」

「あの……水をさすようで申し訳ないのですが……」カツオが申し訳なさそうに手を挙げた。「果たして、二階堂家の奥さんは不倫を求めているのでしょうか。傍から見ると、お隣はとても仲がいい夫婦にしか見えませんけど」

「わからへんやん。意外とセックスレスかもしれんし」

「たしかに。私も妻とセックスレスでしたが、近所の人の前では幸せな夫婦を演じていました」

「夫婦の仲は関係ない。要は二階堂家の奥さんがコイツに惚《ほ》れるかどうかや」

小梅が勢いよくタケシの肩を殴る。迷惑そうにタケシが顔をしかめた。

「……惚れますかねえ？」

カツオが弱々しい声を出すたびに、空気がネガティブになる。

「それを今から考えるんやんか」

「自慢じゃないけど、オレ、童貞だよ。まったく女心がわかんねえよ」

ダンはあっさりと告白した。普通なら誰にも言えないが、今はプライドを守っている場合ではない。

「大学生なのに、まだ経験していないのか？」

タケシが眉根を寄せる。

「仕方ないじゃん。全然モテなかったんだから。それに、どうしてもセックスしたいと思わないんだよね」

「出た。草食系やん」

小梅がうんざりした顔になる。言われると思っていたが、やはり傷つく。

ダンは、ちょっぴりムッとして反論した。

「なんか、面倒くさいっていうか、セックスのためだけにガツガツするのはダサくない？」

「あんたみたいな男がおるから少子化になるんやんか。その歳でエロいことを考えなかったら毎日何をしてんのよ？」

「オレのせいにすんなよ……怖《こえ》えよ」

「エロいことを考えてないわけじゃないんですよね？　生身の女性とのコミュニケーションが苦手なんですよね？」

カツオがフォローをしようとして、余計に話をややこしくする。

「別に苦手じゃないよ。フツーに女友達いるし」

「では、なぜセックスをしない？　目の前に肉があったら食べるのが男ってもんだろうが」

タケシが、いかにもモテなさそうな発言をした。

「だから、面倒くさいからだってば」

「私も女性遍歴は大したことないですよ。女心を理解していれば離婚されませんでしたしね」

カツオが、完全に氷の溶けたグラスを見つめて呟いた。

「あんたらに期待してへんよ。女心はウチの担当やから」小梅が胸を張って男たちを見渡す。「まず、二階堂家の奥さんを孤独にしよう」

「はあ……孤独ですか」

「孤独はね、女を殺す一番の毒やねん」

なんだか、名言みたいだ。

「なるほど。寂しさのあまり理性が崩れれば、過ちを犯す確率も高くなるわけか」タケシが珍しく他人の意見に納得する。「で、どうやって寂しさ地獄に追い込む？」

「家族をバラバラにさせるねん。ダンは高校生の娘と仲良くなって」

「えっ？　あの子と？　ハードル高《たけ》えよ……」

心臓が跳ね上がった。風に揺れる女子高生の黒髪を思い出して、耳まで熱くなる。

「ただ友達になるだけでええねん。若い同士やねんから、共通点さえ見つければなんとかなるって」

「わかった……頑張ってみるよ」

小梅の迫力にダンは頷いた。今の時点ではラッキーなのかアンラッキーなのか判断できない。

「カツオじいさんは、隣の旦那さんを担当してや」

「何をすれば……」

戸惑ったカツオがあわあわと体を揺らす。とにかく、小梅が有無を言わさず強引に進めている。

「同じやん。仲良くなって友達になって。男同士やからまだ楽やろ」

「だから、僕は六十歳だって」

「旦那の趣味を探すことやろね。趣味が同じなら自然と距離は縮まるはずやし」

「わかりました……努力します」

「時間はないけど、焦りは禁物や」小梅が、高校野球の監督みたいに両手を叩く。

「急に二階堂家の奥さんを口説いても不審に思われるだけやからね」

「まずは、鈴木家が二階堂家に接近するところからだな」

タケシも覚悟を決めたのか、神妙な顔つきで頷いた。

「そういうことや。奥さんを孤独にしつつ、同時に、できる限り二階堂家のデータを掻き集めるで」

「なんだか、探偵みたいじゃね？」

ワクワクして、つい調子に乗ってしまった。

小梅に鋭い目で牽制《けんせい》される。

「ダン、遊びちゃうで」

「ごめん……お母さん」

今の小梅なら背中に刺青があっても不思議ではない。昨日までとは違う人物みたいだ。ここにいる誰よりも腹を括《くく》っている。

「逆算して綿密な計画を立てようぜ。九ヵ月なんて、あっという間に過ぎてしまうぞ」

タケシも小梅に負けじと胸を張った。声が裏返っているのがカッコ悪いが。

「そやね。焦らず、三ヵ月間は二階堂家と仲良くなることだけに費やそう。残りの半年で、一気に奥さんを落としにかかるで」

全員が呼吸を合わせて頷いた。初めて、鈴木家がひとつになった気がした。

「ほんなら、さっそく、行ってくるわ」

小梅がピョコンと立ち上がる。

「ど、どこに行くんだ？」

早くもタケシがテンパりそうになる。

「二階堂家に決まってるやん。ちょうどジャガイモが大量にあるから、おすそわけついでに上がり込んでくる」

「ず、図々《ずうずう》しくないか？」

「大丈夫。ウチは大阪人やから。あんたらは各自で準備しといてや」

頼もしいや。鈴木家の母親が小梅でよかった。父親はかなり頼りないけれど。

小梅が去ったあと、男たちは縁側の片付けをした。

「いつまで小梅さんのことを好きなふりをしておけばいいのでしょうか……」

正座をしていたカツオが、足の痺《しび》れを取りながら訊いた。

「この家を出るまでだ」

タケシが仏頂面で答える。小梅にガンガン仕切られたのが面白くなかったのだろう。

「あと九ヵ月もですか……」

「二人が好きだって言ったあと、急に機嫌が良くなったろ？」

「たしかに、まんざらでもない顔をしていました」

「モテて嬉しいのは男も女も一緒。扱いやすくなるから、好きなふりを続行してくれ」

「恋は健康にいいっていうしね」

ダンはだいぶ前に読んだネットの記事を思い出した。ホルモンバランスの関係か何かで、肌が綺麗になったり、長生きしたりとか、色々効果があるらしい。

「なんだその歌は？」

タケシが、ダンの顔を覗き込む。自分でも知らないうちに鼻歌を口ずさんでいた。

「ずいぶんと楽しそうだね」

カツオがダンに優しく微笑む。

「だって、超面白いじゃん。こうやって、家族で一緒にワイワイやることってずっとなかったもん」

「たしかに、そうだな。私の家もバラバラだった。借金が発覚してから誰も口を利いてくれなくなったし」

しんみりするカツオを、タケシが鼻で嗤った。小梅がいなくなったおかげで、元の高飛車な男に戻っている。

「俺たちも、いずれバラバラになるんだよ。所詮、ニセ家族なんだから」

たしかに、そうだけど。それでもいいじゃん。

もし、借金がすべて返済できて本当の家に帰れたら、また父親とキャッチボールをしたい。さすがにいきなりそんなことを言い出すのはこっ恥ずかしいから、前もって伝えておこう。

小説の前に、手紙だな。

ダンは空になった麦茶のグラスを持ち、意気揚々と鈴木家のリビングの窓を開けた。

第三話　ドブの中のナイフ

1

十月一日。

鈴木タケシは、食卓のホットプレートに手をかざして温度を確認した。たこ焼き専用のホットプレートだ。まだ、それほど熱くなってはいない。

ちくしょう……。

落ち着かなくて、つい独りごちてしまう。

今夜、鈴木家が初めて二階堂家に招待されていた。鈴木家になんとなく内装が似ている。テレビはインチは違うがメーカーは一緒だ。

セレブってのはそういうもんなんだろ。俺たち庶民と違って、一円でも安いものを求めて懸命に探しまわらなくてもいい。つくづく不公平だ。

今、美人奥さんは率先して酒類を買いに行ってくれている。ダンが行こうとしたが、

「中目黒駅の近くに行きつけの酒屋さんがあるの。ワインはそこで買えば間違いないから。皆さんでパーティーの準備をお願いします」と鼻持ちならない台詞《せりふ》を残して、一人でタクシーに乗っていった。

二階堂家の娘は部活、旦那は仕事で、まだ帰って来ていない。つまり、赤の他人の家に鈴木家だけが上がり込んでいる形になっている。

まあ……この女も赤の他人だけどな。

タケシはたこ焼きのタネを混ぜる小梅を見た。よそ行きの秋物のワンピースの上に、使い込んだ花柄のエプロンを付けているのが笑える。

「何見てんのよ」

「いや、いい女だなと思って」

「はあ？　ふざけたこと言ってんと手を動かして」

「はいはい」

この女にお世辞は通用しない。鈴木ごっこの初日から、タケシに冷たかった。そのくせ、カツオにはやたらと優しいし、ボディタッチも多い。あれでは惚れられても仕方ないだろう。

「カツじいさんは？」

「まだ寝てるよ。ダンが起こしにいっている」

「ちょっと、何時まで寝てんのよ！　もうパーティー始まるねんで！」

「じいさん、不眠症なんだと。完全に昼と夜が逆転したってぼやいてたぞ」

「何やってんのよ……ほんまに……」

小梅が、怒りを堪えて白目になる。

「二階堂家の旦那さんと夜遅くまで遊んでたからな」

「まあ、それは評価せなあかんけど」

「昨日の夜もキャバクラをはしごしたってよ」

キャバクラ代は経費としてスキンヘッドに申請して出してもらっている。今夜のパーティーにかかる金もそうだ。

「お！　ええやん。あの真面目そうな旦那さんに女遊びを仕込んでるんやね。奥さんを孤独にするには効果的やんか」

鈴木家の男たちは、戸惑いながらも任務を遂行していた。なにせ、小梅が予想以上に鬼軍曹だったのだ。

「使命感でやってるとはいえ、じいさんも本気で楽しんでいるみたいだけどな」

「あの人も真面目一筋って感じやからな。男は年取ってから遊びを覚えたら歯止めがきかんで」

タケシは黙々とたこ焼きのタネを混ぜる小梅を見つめた。

この女は、一体、何者なのだ？

カフェの店員とはこんなにもバイタリティのあるものなのだろうか。今回の鈴木家と二階堂家の《たこパー》も小梅が取ってきた案件だ。

「小梅は、借金がチャラになって大阪に帰ったらどうするんだ？」

「どうするって？」

「いや、もう一度カフェをやるのかなと思ってさ」

小梅が唇を嚙《か》み締めた。この女は時々、こちらの何気ない質問にひどく辛《つら》そうな表情をする。

「もうお店はやらへんよ」

「もったいないねえ。小梅の料理、めちゃくちゃ美味《うま》いのに」

「商売はそんな甘くないねん。それに、店やるんやったら、また準備資金借りなあかんし。借金はこりごりや」

「じゃあ、しょうがないか。でもなあ、やっぱもったいないなあ」

「何がよ」

小梅が苛《いら》ついて手を止める。

「だってさ、俺ここの家に来てからとんでもなく健康になったんだよ。一日三食きっちりと小梅の手料理食べてるからな。そこら辺の店の料理よりも美味いと思うぞ」

「お世辞はええって。なんもでえへんよ」

これはお世辞ではない。この女とはいがみ合っているが、料理の腕は尊敬している。味付けも薄く、中年のタケシの好みなのだ。

「じいさんも言ってたぞ。『小梅さんの料理に比べれば、別れた妻の料理は犬の餌のようだ』って」

「酷《ひど》いこと言うわあ。そりゃ嫁から三行半《みくだりはん》突きつけられるわ」

「俺も内臓の調子がよくなってきたよ。肌がツヤツヤしてきたし、抜け毛も減ったしな」

ただ、食べ過ぎて体重が増えてしまった。たぶん、この半年で十キロ近く肉がついたと思う。だが、それは嫌な太り方ではない。鈴木ごっこを始める前よりも遥《はる》かに体にキレがある。昔は、食事も貧相なものばかりだったので、ゾンビのような顔色だった。

「そんな大したもん作ってへんやん」

小梅が嬉しさを堪えるのを見て、タケシは噴き出しそうになった。

「いやいや、クオリティ高いって。昨日の夜のビーフシチューなんて、今まで食ったことないぐらい美味かった。本格的なレストランにも負けてない」

「スジ肉が安かったからな。シチューは手間を惜しまんかったらそれなりの味になるねん」

「朝の味噌汁も絶品だし」

「味噌汁なんて誰でも作れるわ」

「どうして小梅の味噌汁はあんなに美味いんだ？」

「ちゃんと昆布と鰹《かつお》で出汁《だし》取ってるもん」

本当に料理の天才だ。性格さえよければ嫁にもらってやるのに。

だけど、結婚に関しては、タケシは自信の欠片《かけら》もなかった。小梅が一生懸命に家事をこなす姿を見る度に、婚約者だった女を思い出して、胸が痛くなる。

2

「私と別れてください」

鮨屋《すしや》のカウンターで婚約者にそう言われて、タケシはデザートの柚子《ゆず》シャーベットを吐き出してしまった。

「な、何だって？」

「私と別れてください」

冗談の口調ではない。と言うより、婚約者は早くも泣いている。

「どうして敬語なわけ？」

「だって……」

婚約者が言葉を詰まらせ、さらにしゃくり上げる。

北海道の小樽《おたる》にある有名な鮨屋だった。銀座レベルとまではいかないが、値段もなかなかの、高級店である。ウニが凄《すさ》まじく甘くて絶品だった。

独身最後の旅行のはずだった。「北海道に行って美味《おい》しいものをたくさん食べたい」とリクエストをしたのは彼女のほうである。レンタカーを借りて、札幌でジンギスカンを食べて、ラーメンを食べて一泊してから小樽にやってきた。車内の彼女は「広いね！　北海道って何もかも広いね！」とはしゃいでいた。

「いつから……そう思ってたんだ？」

閉店間際で客が少なかったのが幸いだった。職人さんたちも気を遣って板場の隅に固まってくれている。別れ話を鮨屋のカウンターでするカップルに慣れているのだろうか。

「二ヵ月ぐらい前から……」

「そんなにも前に？」

胃がムカついてきた。熟練の職人が握ってくれた数々の素晴らしい鮨を、カウンターにぶちまけそうになる。

「ごめんなさい。ずっと言い出せなかったの……迷ってたの……」

それなのに、北海道まで旅行に来て鮨を十五貫もペロリと平らげるなんて、どういう神経をしているのだ。

「迷うって……何を？」

「好きな人ができたの」

「だ、だ、誰だよ」

訊《き》くのが怖い。でも、訊かざるをえない。

とんでもなく重たい沈黙が続いた。ほんの数十秒だったが、タケシにとっては永遠とすら思えた。耐え切れず、叫びながら走り出したくなる。

ようやく婚約者の口から出た名前を聞いて、タケシはカウンターの椅子からひっくり返った。比喩ではなく、本当に背中からベタンと床に落ちたのである。

婚約者が好きになったのは、タケシの弟だった。

「嘘だろ……」

「本当です」

「だから、敬語はやめてくれって」

「ごめんね」

「いや……ごめんじゃなしに……」

弟は無職だった。本人は「スロットでまあまあ稼いでいる」と言ってはいたが、そんなのは仕事としては認められない。

弟は正真正銘のクズ野郎だった。若いころは、ミュージシャンを目指してバンドなんぞを組んではいたが、いつのまにか色んな女のヒモになっていた。昔から何をやっても長続きしない中途半端な男だった。

逆にタケシは子供のころから優秀だった。勉強だけではなくスポーツも万能だった。進学校の高校では、ラグビー部のキャプテンを務めながら、成績は常に学年のトップをキープした。

卒業して、全国的に有名な国立大学の法学部に入学した。このころから、弟との仲は険悪になった。たまに実家で顔を合わせても露骨に無視された。

大学を卒業したあと法科大学院に行き、司法試験を突破して大手の弁護士事務所に就職した。弁護士としてバリバリと働き、仕事もプライベートも充実していた。三十歳を過ぎても実家で暮らし親のスネをかじっている弟なんて、眼中になかった。

それなのに……。

「彼はかわいそうな人なの」

婚約者がおしぼりをギュッと握りしめ、目を潤ませる。

「この状況の俺は、かわいそうだとは思わないのか」

「皮肉はやめて」

「あいつの……どこがいいんだ？」

友達から、魅力的な女性がいると紹介されて、彼女と出会った。保育士をしている素朴な女性だったが、イタリアンを食べながら、子供と動物が大好きだと語る彼女に一目惚れした。生涯をかけて守り抜きたいと思った。

国内外、色んな場所へ連れて行ったし、美味しいものも食べた。クリスマスには《フェンディ》のバッグもプレゼントした。

それなのに……あんなクズの代表みたいな奴と？

「あの人は、私がいないと生きていけないの。とても優しくて素直で繊細で……」

「もうやったのか？」

タケシは、下衆《げす》い言葉で婚約者を遮った。

「やめて……」

「あいつとやったのかって聞いてるんだよ！」

タケシは、拳《こぶし》が砕けるかと思うほど、白木のカウンターをぶん殴った。

数週間後、鬱《うつ》になり、職場はおろか電車や人混みすら歩けなくなった。

3

「カツじいさんを起こしてきたよ」

ダンがカツオを二階堂家のリビングまで引っ張ってきた。

「おはようございます……」

カツオは一応、小梅が用意したアイロンの利いたシャツを着てはいるが、完全に寝ぼけ眼《まなこ》である。寝癖もひどく、舞台用のメイク道具で染めている白髪もまだらだった。

「お風呂入らずに寝たん？」

小梅が、カツオの頭を見て眉をひそめる。

「すいません。酔っ払っちゃって……つい」

「嘘つけ！　お風呂に入んのがめんどくさかっただけやろ！」

「ごめんなさい」

カツオが叱られた子供みたいに首をすくめる。

自分以外の人間が怒鳴られるのが愉快で、タケシはつい鼻で嗤ってしまった。

「誰がベッドのシーツを洗濯すると思ってんのよ！」

小梅がプリプリしながらたこ焼きのタネを食卓に置き、出て行こうとした。

「どこ行くんだよ」

小梅に声をかけると、カツオではなく、タケシが睨《にら》まれた。

「シーツを洗濯すんの」

「今からしなくたっていいだろ。そろそろパーティーが始まるんだぞ」

「シーツをそのままにしといたら汚れが落ちにくくなるやろ。洗濯機に放り込んだら勝手に乾燥までしてくれるから、五分もかかれへん。あんたらで用意しといてや」

女のヒステリーを見ると、こっちの頭がキンキンする。とくに、タケシは小梅のような仕切りたがりの女が苦手だった。

鈴木ごっこの初日から、小梅は主導権を握ろうと必死だった。この半年の間に、何度かタケシも料理を作ろうとしたのだが、包丁にすら触らせてもらえなかった。

「母さん、ずいぶんとご機嫌ななめだね」

ダンが肩をすくめる。

「あの日なんじゃないか」

タケシはまた、鼻を鳴らした。

「あの日って？」

ダンの無邪気な問いに、カツオが目を丸くした。

「わからないのですか？　あの日ですよ」

「だから何の日だよ！」

「童貞は放っておいてパーティーの準備をしようぜ」

タケシはキッチンカウンターに積んである皿を食卓に並べた。どこのメーカーの食器か知らないが、手触りだけでも、値段がすこぶる高いことだけはわかる。

「馬鹿にすんなよな。童貞じゃねえよ」

「おっ、まさか、あの子に捧《ささ》げたのか」

「どういう意味ですか？」

カツオがキョトンとして、二人を見比べた。この男は基本悪い人間ではないが、致命的なほど鈍くて稚拙《ちせつ》だ。

「本人に訊いてみたら？」

タケシはわざと意地悪な表情を作り、ダンを見た。当のダンは耳まで真っ赤になっている。

「えっ？　どういう意味かな？」

カツオがガキみたいにその場でぴょんぴょんと跳ねて、ダンに尋ねる。

「知らねえよ！」

「どうしてそんなに動揺してるんだい？」

そこで、タケシがわざと父親気取りの低い声を出した。

「一つ屋根の下に暮らしてもう半年も経《た》つんだ。そろそろ本当の自分をさらけ出してもいいんじゃないか、ダン」

「うぜえな。大きなお世話だよ。どけよ！」

取り乱したダンが、真横にいたカツオを突き飛ばしてリビングから出て行った。ダンの剣幕にカツオが驚いている。

「な、何があったんですか？」

「ダンはね、恋をしてるんだよ」

「……小梅さんに？」

カツオがあからさまに顔を曇らせる。わかりやすい男だ。

「小梅じゃないよ。今、ダンと一番仲がいい子だよ」

「ダンと仲がいいって……あいつは二階堂家の娘さんとしか……」カツオがハッとなり、ポンと手を鳴らす。「本気になってしまったんですか？」

タケシは得意げに頷《うなず》き、残りの皿を並べた。

「これだけ一緒に暮らしていて気づかなかったのか」

「すみません。最近、外で遊ぶことが多くて……昨夜も六本木に行っちゃいました。そのあと、二軒目は中目黒のガールズバーでハッスルしちゃって」

「二階堂家の旦那さんがキャバクラにハマるとはなあ。仲良くなるための共通点なら何だっていいんだけど」

「今度、タケシさんも一緒に行きませんか」

カツオがニタニタと笑う。

「俺はそういうのに興味がないからいいよ」

今興味があるのは、二階堂家の奥さんだけだ。彼女の濃厚なフェロモンは、タケシのオスの本能を剝《む》き出しにさせる。だが、綺麗なバラには何とやらで、尋常ではない近づき難さだった。

「残念。楽しいのに。ムチムチした若い子を眺めるのは何よりのストレス発散ですぞ」

「お気に入りのキャバ嬢はできたの？」

「いませんよ。いるわけないじゃないですか」

カツオが慌てて真顔になる。

「じいさんは小梅一筋だもんな」

「ど、どうしてわかるんですか？」

「だから、これだけ一緒に暮らせばわかるって。小梅にお願いしたら一回ぐらいやらせてくれるかもよ」

「やめてください。小梅さんはそんな人ではありません」

そのとおりだ。小梅には隙《すき》というものがない。いつも、何かを警戒しているような雰囲気がビシビシと全身から出ている。

「背中に絵が描いてあるしな」

偶然刺青《いれずみ》を目撃したときは、腰を抜かした。でも、あのとき、どうして風呂のドアがあんなに開いていたのだろうか。ほぼ全開で、見てくれと言わんばかりだった。

「そうではなくて、小梅さんは僕にとってマザー・テレサみたいな存在なんです」

「……神聖な女ってこと？」

「何の見返りもないのに料理を作ってくれて、掃除や洗濯もやってくれるって素晴らしくないですか」

「まあな……」

それは思っていた。しかし、一心不乱に家事をする小梅に狂気を感じるときがある。

「小梅さんは永遠の憧れですね。見ているだけで幸せな気持ちになれます」

「あいつをオカズにしてオナニーした？」

「やめてくださいってば！」カツオが強引に話題を変える。「ダン君をどうします？もうすぐパーティーが始まるのに、どこかに行ってしまいましたよ」

「放っておけばいいんだよ。そのうち戻ってくるって」

「心配ですねえ」

「二階堂家の女子高生の元に行ったかもよ」

いや、ダンにそんな度胸はないか。

しかし、ダンは鈴木家に来た当初から大きく変わった。明るくなり、性格まで素直になったような気がする。たまに、ダンが小梅を「母さん」と呼んでいるのを見ると、本当の親子かもと錯覚してしまう。

「二人は……どれぐらいの関係までいったのでしょうね」

「付き合ってはないいんじゃないかな。手ぐらいはつないだかもしれないけど」

「ですよね。二階堂家の娘さんはいかにも清純派って子だし」

「まあ、ダンの一方的な片思いで終わるだろうな。コクれないだろうなあ」

「タケシさんはどうなんですか？」

鼻で嗤おうとしたのを遮られた。

「……どうとは？」

「二階堂家の奥さんとですよ」

「どうもこうもないよ。まだ、作戦は前段階なんだし……」

突然、息が苦しくなった。心臓の振動とこめかみの脈が、どんどんテンポアップするのがわかる。

あれ……この感覚って……中学生のころ、好きだったクラスメイトにチョコを貰ったときと同じ……て、いくつなんだよ、俺は！

「少しぐらいは仲良くなりました？」

「無理だ」

「ダメじゃないですか。今夜のホームパーティーを境に、二階堂家の奥さんを落としにかからなきゃいけないんですから」

「わ、わかってるよ。わかってるから、プレッシャーをかけるのはやめろ」

「あと半年しかないんですよ。悠長なこと言ってられませんよ」

「でも絶対に不可能だ。他人の妻だぞ。人妻なんだぞ」

心臓が亡霊に握り潰されたみたいに痛い。

二階堂家の奥さんのぽってりとした唇、濡れた瞳、長い睫毛《まつげ》、艶《なまめ》かしい鎖骨、豊満な乳房と腰のくびれ、素晴らしい主張をするお尻が、脳内の絶妙なカメラワークで再生される。素朴な女子高生の娘も、年をとるとあんなふうになるんだろうか。

「そうですよ。難しいのはわかっています。その上で、少しぐらいは仲良くなったかって訊いたんです」

「仲良くなるどころか意識してしまって、挨拶《あいさつ》されても無視してしまう……昨日も『ご家族で召し上がってください』って、焼き芋を頂きそうになったけど、無言で拒否してしまった」

「こらっ！　嫌われにいってどうするんですか！」

カツオが割り箸でタケシの肩を叩《たた》いた。

「いいですか？　私たちには二千五百万円の借金があるんですよ。返せなかったら、この一年が無駄になってしまうじゃないですか。他に無礼な真似はしてませんか？」

タケシは地蔵のように固まった。皿を投げ捨て逃げ帰りたい気分だが、体が動かない。

「したんですね。いつですか？」

「……一週間前」

「何をやらかしたのですか？」

「映画のチケットを頂きそうになった……旦那さんが行けなくなったから、一緒に行きませんかって」

「まさか、断ったんですか？」

「無言で拒否した」

「せっかくのデートのチャンスを、自ら握り潰してどうする！」

割り箸が、今度は頭に飛んできた。額を叩かれ、ピシリといい音が鳴る。

俺だって情けない。弁護士のときは自信に満ち溢れていた。どんな女でも臆さずにデートに誘えたのに……。

すべては弟のせいだ。奴と元婚約者の裏切りが、タケシの人生を崩壊させた。

4

自分が今、どこにいるかわからないぐらい目が回っている。ＯＬ風の女にぶつかって悲鳴を上げられた。

ここは……駅だ。

這《は》いつくばるようにして改札を抜け、駅前のパチンコ店に向かう。派手なネオンが、さらにタケシの不安感を煽《あお》った。自動ドアが開いた。店内から飛び出す不快極まりない音が容赦なく襲ってくる。

負けてたまるか……今日……決着をつけてやる。

スロットコーナーの一番奥に弟がいた。まだ、こちらには気づいていない。不思議と、あれだけ酷かったパニック障害が、弟を見ただけでみるみる薄まっていく。怒りが病状を上回っているのだ。

「久しぶりだな」

タケシは弟の肩に手を置いた。弟の体に触れるのが何年ぶりなのかすら思い出せない。

弟はビクリと反応し、顔を上げた。ニットキャップの下の顔は青白く、目の下に隈《くま》がある。不精髭《ぶしょうひげ》がとにかくみっともない。疲れ果てた死神みたいだ。別れた元婚約者は、どうしてこんな男を選んだのだろう。

「おう」

弟が黄色い歯を見せた。笑ったのか、ただ驚いただけなのか判断できない。

「表に出ろ」

「今、いいところなんだけどな。やっとビッグを引いたんだ」

「出ろ」

ニットキャップを摑《つか》み取り、床に捨てて踏みつけた。

弟はボサボサの髪を気にして、スロット台の画面の反射で整える。こっちの挑発には乗らない構えだ。

「兄貴、弁護士事務所をクビになったんだってな」

「違う。休職中だ」

もう二度と職場の最前線に復帰できないことは、自分が一番わかっていた。体がだるくて風呂にさえ入れない人間が、他人の弁護などできるわけがない。

「同じようなもんだろ」

弟がまた黄色い歯を見せる。今度は確実に笑った。「これで同じ無職だ」と言わんばかりの顔だ。

タケシは整えたばかりの弟の髪をむんずと摑み、力任せに引っ張った。

「早く出ろ。落とし前をつけに来たんだよ」

パチンコ店の裏に細い路地があった。小便臭い袋小路で、昼間だというのに誰も通っていない。

好都合だ。タケシは心療内科の近くの金物屋で買ってきた果物ナイフを出した。

「何だよ……それ」

弟が、顔を引き攣《つ》らせる。うしろは壁だ。逃げられないように、この位置へ誘導したのだ。

「お前を刺すために持ってきた」

「殴り合いするんじゃねえのかよ」

「兄弟喧嘩をするために来たんじゃない」

元婚約者の顔が脳裏を過《よぎ》った。小樽の鮨屋でウニを頰張る顔だ。逆に怒りが増した。

「俺に謝って欲しいのか」

弟が鼻で嗤う。ああ、弟はこんなにも自分にそっくりだったのかと、今更ながら気づいた。

「なあ？　土下座でもすればいいのか？」

「黙れ」

　ナイフの刃を突き出した。弟が素早く飛び退《の》いた。でも、そこまで怯《おび》えてはいない。まるで、この日が来るのを予見していたかのように、強がってニヤけている。

「やっと俺のほうを向いてくれたな」

「何だと？」

「兄貴はガキのころから俺を無視し続けてきただろう」

「……それはお前のほうじゃないか」

「違うよ」

　また弟に鼻で嗤われた。ズキリと後頭部が痛み、元婚約者の笑顔が浮かぶ。ジンギスカンを頬張り、生ビールをグビグビと飲んでいる。

「兄貴は人に興味がないんだ。それが家族や恋人であってもな」

「はあ？」

「いつも自分のことしか考えていない。自分しか見て来なかった」

「こうなったのは……俺のせいだと言いたいのか」

「もしかしたら、自分にすら興味がないのかもしれないよな。兄貴、本当の自分と向き合ったことあるか」

「黙れ……」

ナイフを持っているのに、こっちが押されている。顔の前の酸素が薄くなったかのように呼吸ができなくなってきた。マズい。発作の前兆だ。

「いつからかそんなに生き急ぐようになったんだ」弟が悲しげに顔を歪《ゆが》めた。「ガキのころの兄貴はもっとビッとしてカッコ良かったぜ」

「黙れって言ってるだろ！」

ナイフを振り回したが、弟には届かない。何か得体の知れない幻影と戦っているみたいだ。

「俺を刺す前に答えてくれよ。何が一番思い出に残ってる？　一個しかないサッカーボールを取り合って喧嘩したことか？　オヤジから貰った小遣いの五百円玉を兄貴が落としたのに俺のせいにして喧嘩したことか？　自転車を二人乗りしてパンクさせた帰り道に自転車が重くて嫌になって喧嘩したことか？」

「何も覚えてない……」

目の奥で光がチカチカとする。

「なあ、兄貴。最近、誰かと喧嘩したか？」

……してこなかった。元婚約者とも。彼女を喜ばせたくて……いや違う。彼女を喜ばせた自分に満足していただけだった。誰からも嫌われたくなくて、自分をさらけ出すことを極度に怖れた。細かい嘘をたくさん重ねた。

元婚約者は……喜びながらも不安がっていた。本当に愛されているのか自信を持てずに苦しんでいたのだ。

タケシの手からナイフが滑り落ちた。アスファルトで跳ね返り、電柱の横のドブへと落ちた。

「店に戻るぜ」弟が跪《ひざまず》くタケシの肩に手を置いた。「いつでも兄弟喧嘩の相手になってやるよ」

5

「何、大きな声を出してんのよ」

小梅が、いそいそと二階堂家のリビングに戻って来た。

「この人、二階堂家の奥さんからのデートの誘いを断ったんですよ」

割り箸を握ったカツオが、告げ口をする。

小梅は少しムッとした表情を見せたが、すぐに怒りを抑えた。

「まあ、ええよ」

「いいんですか？」

「断ってしまったもんは、しゃあないやんか」

「そうですけど……」

「とりあえず、二階堂家の奥さんを孤独にする作戦は順調やし。今夜のパーティーをきっかけに奥さんと仲良くなってくれたらええから」

「任せておいてくれ」

言葉とは裏腹に猫背になってしまう。パニック障害の発作は出なくなったものの、ストレスがかかると、いつ症状が出るのか不安で仕方ない。

「男ならもっとシャンとせな！」

カツオが割り箸を食卓に置き、手の平でタケシの背中に活を入れた。

「カツじいさんは、ずいぶんと男らしくなってきたね。半年前は、腹を空《す》かせた野良犬のようにひもじい顔しとったのに」

「実際に腹が減っていましたからね。初日のカップラーメンの味は忘れられないよ」

「じいさんは最近、色気づいて男を取り戻しつつあるのさ」

タケシは下腹に力を込めて言った。次に強張《こわば》っている両肩の力を抜く。

これは任務だ。自分が二階堂家の奥さんとセックスしている姿は一ミリも想像できないが、やるしかない。

「たしかに、若返った気がします。二階堂家の旦那さんが思ったよりアクティブですし。なんだか、青春時代に戻った感じです」

「キャバクラで青春かよ」

「タケシも二階堂家の奥さんと思う存分、いちゃついたらええやん」

小梅が珍しく、肘《ひじ》で突いてきた。これまで、ボディタッチをされた記憶はない。

「人は恋をすれば、瞬く間に元気になりますよ」

カツオが、なぜか先輩面になる。カチンと来るが、顔も行動も間抜けなので腹も立たないし、それどころか、実は少しだけ気が楽になった。ちなみに、ダンも可愛げがあり、息子とは思えないがペットのような愛しさを感じなくもなかった。どんな人間であれ、同じ屋根の下で半年も過ごせば、それなりに愛着が湧《わ》くということに驚いた。

「とにかく、ウチの言うとおりに動いてくれたら、奥さんと親密になれるから。さあ、準備するで」小梅が食卓に置いていたボウルをさっそうと手に取り、たこ焼きのタネをかき混ぜる。「よっしゃ。鉄板はあったまってるな。焼くで」

「えっ？　もう焼き始めるんですか？」

「うん。焼いてるところを二階堂家の人に見られたくないからな」

小梅が器用に菜箸を使って、ホットプレートの穴にタネを流し込んでいく。

「別に見られてもいいだろ」

「あかん、あかん」

様子がどうもおかしい。カツオも何か違和感を覚えたのか、眉間《みけん》に皺《しわ》を寄せている。

生地の香ばしい匂いがしたそのとき、小梅が花柄のエプロンのポケットから小さな瓶を取り出し、ホットプレートの上で軽く振った。

「それは……何の調味料ですか」

「ええから、ええから」

小梅はカツオの問いに答えず、慎重な手つきで、たこ焼きに液体を次々と振りかけていく。

「あんたら、このたこ焼きは絶対に食べたらあかんで」

「おい！　ちょっと！」

タケシとカツオは慌てて小梅の腕を摑んだ。

「何よ？　邪魔せんといてや」

「あきらかに怪しいクスリじゃないですか」

「大丈夫。無味無臭やからバレへん」

「小梅、何をしてるんだ」

「見たらわかるやろ？　たこ焼き作ってるんやんか」

「じゃなくて、今、振りかけた薬は何だと訊いているんだ」

「ああ、これ？　薬局で売ってる睡眠薬よりも、ちょっとキツい薬。ちょっとではないか、かなりキツいかも」

あっけらかんと語る小梅が不気味である。彼女の様子は、鈴木家で家事をしているときとまったく同じだった。

ロボットのように料理を作り、掃除をする。そこに愛情なんてものはなく、ただ強い使命感があるだけなのだ。

「……二階堂家を眠らせるのか？」

「そうや」

「眠らせてどうする？」

「奥さんは眠らさへんよ。旦那さんと娘だけ」

小梅の暴走だ。

「じいさん。公衆電話から旦那さんに電話して、『今夜のパーティーは中止になった』と伝えてきてくれ」

「わかりました」

タケシの指示に、カツオが素直に返事をする。

「はあ？　何でよ？」

小梅はあからさまに不満を顔に出した。

「言い訳はどうします？」

カツオがタケシに訊いた。

「鈴木家が大喧嘩をして、ダンが家出をしたことにしよう」

「実際、出て行きましたしね。じゃあ、電話してきます」

「えっ？　ダンはどこ行ったん？」

カツオが小走りでリビングから出て行くのを、小梅が啞然として見送った。

タケシはすぐさまホットプレートの電源を切り、小梅からボウルを奪い取った。

小梅は胸の目で両手を組み、怒りの形相でタケシを睨みつける。

「どういうつもり？　せっかくの準備が台無しやんか」

タケシは負けじと睨み返し、すごむように言った。

「そのクスリはどこで手に入れた？」

6

「答えろ。どこで、誰からもらったんだ」

「誰だってええやろ」

小梅がぷいっと横を向いて黙った。鈴木家の一大事だ。これ以上、この女の好きにはさせない。

「スキンヘッドの男だろ！」

タケシは小梅の腕を摑んで激しく揺さぶった。

「離してや。キモいなあ。そんなん、言わんでもわかってるやろ」

「あの野郎に何て命令されたんだよ！」

「うるさい。声が大きいねん。二階堂さんたちが帰って来たら聞かれちゃうやん」

「すべてを隠さず教えろ。そうでないと、この作戦は終わりだ」

「降りるってこと？」

「ああ。じいさんもダンも、鈴木家から出て行く」

「借金は？」

「……地道に返していくさ」

小梅が、タケシのお株を奪うように鼻で嗤った。

「無理に決まってるやん。年間百万円ずつ返していっても二十五年かかるねんで。あんた、そのとき何歳になってるんよ？」

「そこから人生を楽しめばいいだろ」

「あほ。そんな気長にヤクザが待ってくれると思ってんの？　一刻も早く回収してくるに決まってるやん。そのためには、どんな手段でも使う。まさに、ウチらの鈴木ごっこがそうやろ」

タケシは小梅の腕を離した。つきたくもないため息が漏れる。

自暴自棄になり借金を繰り返したのは自分の責任だ。弁護士の仕事を辞めて夜の街に溺《おぼ》れ、結婚資金と貯蓄を溶かした。それでも止まらなかった。

「睡眠薬入りのたこ焼きで、二階堂家の旦那と娘を眠らせるつもりやってん。ウチとカツじいさんとダンも寝たふりをする」

小梅が穏やかな声で言った。

「つまり……俺と二階堂家の奥さんだけが起きている状況を作り出すのが狙いか」

「酒に酔ったと思わすねん」

「なるほどね」

「ウチらの家族がぐーぐー寝てたら、二階堂家の奥さんもすぐに帰れとは言われへんやろ。ほんなら、必然的にアンタと二人で喋《しゃべ》る時間ができるわけや。最近、孤独を感じている奥さんは、きっと相談してくるやろ。そしたら、アンタもこう答えるねん。『俺も寂しいんです』と。そしたら、二人の距離はぐっと縮まるやんか」

「そこまで考えていたのか」

ならば、初めから説明して欲しかった。自分が能なしと思われているようでタケシは傷ついた。

『なあ、兄貴。最近、誰かと喧嘩したか？』

弟の言葉を頭の中で反芻《はんすう》する。

タケシは、不機嫌な顔をして腕を組んでいる目の前の女をジッと見つめた。

鈴木小梅……本名は知らない。こっちの本名も教えていない。家族でも何でもない赤の他人なのに、なぜかこの女とはずっと喧嘩をしている。

「誰かさんのせいで台無しになってもうたけどな」

あいかわらず小梅は嫌味を浴びせてくるが、急に、小梅に伝えたい言葉が浮かんだ。でも、照れ臭い。

「ホームパーティーは、また開けばいいじゃないか。そのときは、ちゃんと協力するよ。互いの家族が眠っている中で会話をするなら、何とか自然に話せそうだしな」

「あんた、二階堂家の奥さんのこと好きなんか？　惚れてんねやろ？」

「そうだ」

タケシは潔く頷いた。長年、胸の中を覆っていたモヤモヤとした霧のようなものが少しずつ晴れていくのがわかる。

素直に認めることが、こんなにも気持ちいいものだとは思わなかった。

「ふうん」小梅が嬉しそうにニヤニヤと笑う。「元カノはもうええの？　相当な修羅場やったんやろ？」

「彼女とはとっくの昔に別れたよ」

「ちょうど良かったやん。二階堂家の奥さんに集中できるな」

「こんな言い方は変かもしれないけれど……《鈴木》になれてラッキーだった。これで一から人生をやり直せる。小梅もそう思わないか？　人生をやり直したいからこの家に来たんだろ？」

小梅の顔から笑みが消えた。タケシから目を逸《そ》らして俯《うつむ》き、食卓の縁をそっと撫《な》でた。

「ウチは違う。やり直したくなんかない。そんなん、今までの自分の人生を全否定してしまうことになるやん」

「じゃあ、何のために《鈴木》なんかになったんだよ？」

「家族を助けるためや。愛する家族を守るためや」

やはり、小梅には子供がいたのだ。だいぶ前から、カツオとダンと噂をしていたとおりだ。

「結婚していたのか」

「そうや。文句ある？」

「今、家族はどこにいるんだ？　大阪か？」

「あんたに関係ないやん」

「家族は小梅が《鈴木》になっているのを知っているのか？」

小梅が力なく頷いた。かすかに唇が震えている。

「てっきり、小梅がスキンヘッドに恋してるかと思ってたよ」

「バレてたんや……」

「え……おいおい、ついさっき、『愛する家族』って言ったばっかりじゃないか！」

「愛と恋とはちゃうねん。夫のことはどうでもええし。いい機会やから教えといたるわ。女はな、いつまでも恋してたいねん」

「なんてひどい女なんだ。家族がいるのに他の男と寝るなんて」

「まだヤってへん。プラトニックな関係や。一方的なウチの片思いやからな」

「まだ告白してないのか？」

「いずれしたいけど、もっと楽しみたいねん」

「楽しむ？」

「恋は、片思いをしてる時が一番ドキドキワクワクすんねん」

小梅の顔に笑みが戻った。だが、今の顔はこの半年間で初めて見る表情だった。一瞬だが、目が釣り上がり、微笑む口が裂けたかのように見えた。

……般若《はんにゃ》？

あらためて見ると、鬼とは程遠い童顔に戻っている。

タケシは我に返り、訊いた。

「元の生活に戻ったら、スキンヘッドとの関係はどうなるんだよ？　あと半年しかないんだぞ」

「どうなるかわからへん」

「告白しないのか？」

「わからん」

「怖いのかよ」

「ええやんか。ほっといてよ」

「人には偉そうなこと言ってるくせに。単なる臆病者じゃねえか」

そう言って鼻で嗤おうとしたが、できなかった。

小梅は言い返すことができず、また食卓に視線を落としている。

「応援してやるよ」

「は？」

「鈴木小梅の夫である鈴木タケシが、応援してやるって言ってんだよ。夫婦なんだから遠慮すんなよ」

タケシは笑った。心の底から微笑んだ。

「何が鈴木やねん」

小梅が吐き捨て、立ち去ろうとした。

「小梅」

「何よ？　まだ言いたいことがあんの？」

「ありがとう」

「……はい？」

「いつも、美味い飯を作ってくれて。掃除と洗濯をしてくれて。俺たちを健康にしてくれてありがとう」

「やめてや。キモいから」

小梅が振り向きもせず、リビングから出て行った。てっきり照れるかと思ったら、真剣に嫌がられた。

いや……さっきの態度は、嫌がるというよりは……。

何だろう。適当な言葉が見つからない。合っているかどうかはわからないが、タケシのことを憐れんでいる目をしていた。

「ありがとう」

タケシは誰もいないリビングで一人、呟いた。

「ありがとう」

もう一度。

タケシはパチンコ店の裏の袋小路で凛々《りり》しく立っていた弟を思い浮かべて言った。
よう、ドブの中にいたのは俺だったよ。気づかせてくれてありがとうな。

第四話　メリーゴーラウンドの堕天使

1

元旦。

寒い……死ぬ……。

鈴木カツオは、早朝の児童公園のベンチで目を覚ました。セーターを二枚重ねして、その上に分厚いダウンジャケットを羽織っているが、カチンコチンに凍えてしまいそうだ。

ゲップをすると焼酎の味がした。胃から酸っぱいものが迫り上がってきそうになる。

昨夜は飲み過ぎた。完全な二日酔いだ。爽《さわ》やかな鳥の声も頭にガンガンと響く。小梅には内緒で、大晦日《おおみそか》のパーティーを近所のカラオケ店でやったのだ。メンバーは、カツオとタケシとダンの三人である。二階堂家の経費を勝手に使ったのだ。

いつもの面子《メンツ》なのに、思ったよりも楽しめた。

「カツじい！」

緑色のダッフルコートと手編みの赤いマフラー姿のダンが、大声で叫びながらカツオの後頭部をペチペチと叩《たた》く。

「カツじいってば！　風邪ひいちゃうよ！　寝るなら家で寝なよ！」

こいつ……まだ酔ってやがるな……。

ダンはカラオケ店でハイボールをがぶ飲みしていた。

「起きてるぞ……」

「風邪なんかひいたら母さんに殺されるよ！」

そうなのだ。ここ最近の小梅は毎日ピリピリして、少しでも体調を崩すと烈火のごとく怒り出した。鈴木家の母親というよりは鬼コーチである。

「わかってる……」

しかし、全身が酒臭いままで鈴木家に帰ったら、それこそ殺される。

「酒臭っ……母さんの言うとおりだよ。歳食ってから遊びを覚えたら、歯止めがきかねえんだな。オレも将来、気をつけよ」

ダンはビッグサイズの缶のハイボールを飲んでいた。この寒さの中で正気なのだろうか。若さというのは恐ろしく、そして羨《うらや》ましい。

「今何時だ？」

カツオはやっとこ上半身を起こして訊《き》いた。冬の冷たい風が頰を切り裂くように撫《な》でる。

「七時だよ。朝の」

「またやってしまった……」

「カツじい！　ハイボール飲んで目を覚ましたら？」

「もう飲めない……水がいい……」

「ワガママだな。自販機で買ってきてやるよ。エビアンでいいよな」

「軟水がいい……」

「うるさいって」

ハイボールをゴクゴク飲みながら、ダンは児童公園を出て行った。児童公園は狭く、申し訳程度の遊具しか置いていない。

昨夜は、よくぞ通報されなかったものだ。カラオケを終えたカツオたちは、「初詣に行くぞ」と酒瓶片手に熱唱しながら、昔からの高級住宅地として有名なこの街を闊《かっ》歩《ぽ》したのだ。本当かどうか知らないが、長嶋茂雄の邸宅もこの近くにあるらしい。カツオはずっと長渕剛のメドレーを歌っていた。大晦日だから他にも似た連中がいたのか、住民が大目に見てくれて助かった。

足を伸ばそうとしたら、ベンチの下の《黒霧島》の空瓶を蹴ってしまった。瓶を拾おうとしたら、すぐに吐き気がこみ上げる。

「ああ……気持ち悪い……」

カツオは再びベンチに寝転がった。雲ひとつない冬の空だ。

鈴木ごっこを始めてから、とうとう九ヵ月が経《た》った。スキンヘッドから与えられたミッションは残念ながらまだ完遂していない。

師走《しわす》の中頃まではみんな焦っていたが、大晦日を迎えると完全に諦めムードが漂っていた。その張本人は、滑り台の頂上にちょこんと座っていた。

あやつは……何をしているのだ？

革ジャンを着たタケシは手に銀色の何かを持っていた。

「グォォォーッ、ブーーン、ブーーン、ブフッ、ブフッーーー」

……歌っている？　いや、唸《うな》っているだけだ。

目を凝らしてよく見たら、タケシが手に持っているのは戦闘機の模型ではないか。

「ドゥギューーーーン」

どうやら、滑り台の上からミサイルを発射させているらしい。どう見ても異常者だ。

今、住人が見たら通報されること間違いない。

「ドガァーーーーン！」

しかも、ミサイルの標的は離れたベンチにいるカツオだ。

タケシもまだ酔っている。彼は昨夜、テキーラのショットを連発するという破滅行為を繰り返していた。

「爆撃しないでください」

カツオはやめさせようとして忠告した。

「グォォォォーッ、ブーーン、ブーーン、プッシューーー」

戦闘機が滑降した。正しくは、戦闘機を手に持ったタケシが滑り台を滑り降りた。

アクロバティックに児童公園を飛行して、こちらに向かってくる。

正直、煩わしい。ダンの言葉を使うと、ウザい。

「ドゥギューーーーン」

至近距離でミサイルが発射された。正しくは、タケシの指が襲ってきた。

「ドガァーーーーン！」

ミサイルがカツオの股間に直撃する。

初めてそこで、自分が夢精をしていたことがわかった。

2

「あんたには二千五百万円の借金がある」

凄《すご》むスキンヘッドに、カツオは小便をちびりそうになった。

いきつけのスナックのボックス席。他の常連客たちは楽しそうに歌謡曲を熱唱している。ホステスたちは、スキンヘッドの雰囲気に何かを察したのかカウンターの中で見てみぬふりをしている。いつの時代もそうだが、夜の女は敏感でなければ生きていけない。

「か、覚悟はできてます……」

いずれ、取り立てが現れるのは覚悟していた。これだけ借金をしても酒を飲む金は捻出《ねんしゅつ》できるのが、自分でも不思議でならない。

「酒をかっくらうなんていい度胸してるな」

「は、はあ……」

どうせ、命までは取られやしない。こっちはビジネスマンだ。誰が相手だろうが、どんと構えねば。

「二千五百万円、すぐに返せるか?」

「無理なことはわかってますよね。もう逆さに振っても鼻血も出ませんよ」

とうに金策は尽きていた。数年前から予感はあったのだが、キリのいいところで足を洗うことができなかった。社長として、自分の家族と従業員の家族を守る義務があった。彼らを路頭に迷わせることだけは絶対に避けなければならなかった。そう思ってズルズルとここまで来てしまった。

結局は倒産だ。目も当てられない。

「金がなくとも何とかして返さなきゃならないな。それが大人の責任ってものだ」

スキンヘッドが、サングラスの下で微《かす》かに笑ったような気がした。破滅した人間など見飽きているのだろう。

「もちろんです」

「二つ提案できる。一つ目はＡＶに売り飛ばす」

「ぼ……僕をですか？」

世の中にそっち方面のアダルト動画が流通しているのは以前から知っているが、この風貌のオヤジにとても需要があるとは思えない。

「な、わけねえだろ。てめえの娘だよ」

「それは……」

いきなり、弱点を突かれた。ブサイクなホステスが松田聖子を歌う中、カツオの全身から脂汗が滴り落ちる。

「十九歳だってな。ピチピチじゃねえか」

「や、やめてください」

「しかも、かなり上玉じゃねえか。写真を見たぞ」

いつ、誰が、どこで写真を撮った？

この男はただの取り立て屋ではない。膝《ひざ》の震えが止まらず、手でしっかりと押さえた。

「お願いします……娘にだけは……」

「おっぱいもかなりデカいしな。ありゃ稼げるぞ」

「お願いします！」

「女子高生の制服も似合うだろうなあ。そのときは髪を黒く染めてもらうがな」

「やめろ！」

カツオはスキンヘッドの胸ぐらを摑《つか》んで引き寄せた。ロックグラスがゴトリと落ち、氷が飛び散る。

それでも、ホステスたちは歌い続けて手拍子をしている。夜の女は鈍感なふりができなければ生き残れない。

「何だ、この手は？」

スキンヘッドが、無機質な声で言った。下品に怒鳴られるより百倍怖い。

「す、すいません」

カツオは慌てて手を離した。

「俺が優しい男で助かったな」

嘘だ。この男が決して怒らせてはいけない冷酷な相手だということくらい、直感でわかる。

カツオは、娘の顔を思い浮かべた。

神の悪戯《いたずら》なのか、娘は父親と母親のマシなパーツを受け継ぎ、個性的ではあるが街を歩くとほとんどの男が振り返る美少女に育っていた。

ただ、性格は難ありで、父親から見ても清純派とは真逆なタイプだ。ＢＭＷに乗っている社会人と高校一年生のころから付き合い、カツオをヒヤヒヤさせた。何度か注意と忠告とアドバイスと説教を試みたが、馬の耳になんとやらだった。

そんな娘でも愛している。宝物だ。父親が守らなければならない。

「二つ目の提案を教えてください」

カツオは《黒霧島》の味がする唾《つば》を飲み込み、訊いた。

スキンヘッドが笑みを浮かべる。スナックの間接照明のせいで、ホラー映画の殺人鬼みたいだ。

「鈴木になるんだよ」

「へっ？　その……名義を変更するとかでしょうか」

「違う、鈴木そのものになるんだよ」

「どういうことですか？」

「東京の一等地に空き家がある。鈴木家に成り済まして暮らせ。期間は一年だ。それで二千五百万円の借金はチャラだ」

何を言われているのか、一回では理解できなかった。

「もう一度……説明をお願いします」

「だから、東京で赤の他人と一年間、家族ごっこをするんだよ。鈴木だから鈴木ごっこか」

スキンヘッドが自分の言葉にクスリと笑う。

「鈴木ごっこ……」

それでどうやって借金が免除になるほどの利益が生まれるというのか。自分のビジネスのときは錆《さ》び付いていた危険信号が、点灯した。絶対に参加してはいけない。だが、カツオが二つ目の提案を拒否すれば、娘の豊満な裸体が全国の男どもに曝《さら》されてしまう。

「単身赴任と一緒だ。俺も美人の嫁と離れて暮らしている。寂しいけど、仕事だから仕方ねえよな」

妙なタイミングで、カラオケが沢田知可子の『会いたい』に変わった。

スキンヘッドが曲に合わせて、寂しそうに歌詞を口ずさんだ。

3

「やめんか！　急所を攻撃するな！」

カツオは慌てて股間を押さえてベンチから脱出した。戦闘機がアクロバティックな飛行に移る。よかった。タケシには夢精のことは気づかれなかったようだ。

そこにダンがミネラルウォーターのペットボトルを持って戻って来た。

「ほら！　カツじい、水だよ。っていうか、父さん何やってんの？」

「現実逃避だ」

タケシが戦闘機を仮想運転しながら答える。

ダンが呆れた顔を見せ、大げさに手を広げた。

「いいかげん、失恋のショックから立ち直ってよ。たった一回フラレただけじゃん」

「そのたった一回の攻撃で、父さんのプライドは粉々に破壊されたんだ」

クリスマス・イブの日。鈴木家と二階堂家はパーティーを開いた。その日にタケシが二階堂家の奥さんにアタックしたのだが、軽くあしらわれて玉砕したのだ。

フェロモンがダダ漏れの奥さんが、難攻不落の要塞《ようさい》に思えてきた。

「てか、その戦闘機どうしたの？」

「昨夜、初詣に来ていたガキから取り上げた」

「ダメじゃん！　泥棒じゃん！」

完全に犯罪である。通報されなくて本当によかった。

「諦めんの早くない？　あと三ヵ月もあるんだよ。きっと、二階堂家の奥さんも振り向いてくれるって」

タケシが戦闘機を急ターンさせ、ダンに向かってミサイル攻撃をかける。

「ドゴーーーーン！」

見事、乳首に命中した。

「やめろよ！　感じたらどうすんだよ！」

「ドゴーーーーン！　ドゴーーーーーン！」

馬鹿だなあ。

カツオはつい笑みを零《こぼ》した。本当の親子じゃないが、仲は良い。だからといって友達とも違う。同志……いや、やはり家族という言葉がしっくりくる。それがたとえ、紛《まが》い物であってもだ。

「やめてよ、父さん」

ダンが悲鳴を上げて逃げる。タケシと戦闘機は執拗《しつよう》に追いかける。二人は《トムとジェリー》のように、小型のブランコを中心してグルグルと回った。

「あんたら！」

平和な児童公園に怒声が響き渡った。

どこからともなく銀色のジョギングウェアを着た小梅が現れた。ブルブルと拳《こぶし》を震わせている。

「あっ……母さん」

ダンが顔面蒼白《そうはく》で立ちすくむ。ハイボールの缶を隠そうとするが、時すでに遅しだ。

小梅がいきなりダンの横っ面を平手で張った。ゴッという鈍い音がした。どちらかというと掌底だ。

「いって……」

ひどい……いくら鈴木家に《酒は嗜《たしな》む程度にすべし》というルールがあるとはいえ、暴力はあんまりだ。寒いときに食らうビンタの痛さは、想像するだけで悶絶《もんぜつ》する。

続いて、小梅は呆然としているタケシへと近づいた。

「そのオモチャ置いて。戦闘機なんか好きなん？」

「べ、別に好きではない」

タケシがビクつきながら屈《かが》み、戦闘機をブランコの上にそっと置いた。その後頭部に小梅がムエタイ選手ばりのエルボーを叩き込む。

「あが……」

タケシが頭を抱えてうずくまった。

次はカツオの番だった。足元の《黒霧島》の空瓶はしっかりと見られている。

「どんだけ飲んだん？」

小梅が数センチまでカツオに顔を近づけた。

「す、すいません」

石鹸《せっけん》のいい香りがする。不謹慎にも股間がムクムクと反応しだした。

泥酔していたので、昨夜の夢は記憶にない。だが、小梅が登場した確信はあった。ここ最近は、夢を見れば必ず小梅と甘い時を過ごしている。

これは……本物の恋だ。鈴木ごっこを早く終了したいと願っていたが、小梅と別れるのは辛《つら》い。許されるのならば何年も鈴木ごっこを続けたい。

「謝るくらいやったらベロベロになるまで飲むな！」

小梅が手を振り上げた。顔を殴られると思って歯を食いしばった瞬間、強烈なボディブローが突き刺さった。

「ゴボッ……」

カツオは体をくの字に曲げ、吐きそうになるのを必死で我慢してよろめいた。

「お前ら一晩中、何しとってん！」

児童公園のど真ん中で、小梅が仁王立ちになる。誰も言い訳ができず、気まずい沈黙が続いた。

「もう、借金返すのは諦めたん？」

「俺は諦めてないけど父さんが……」

ダンがブツブツと言い、タケシをチラリと見る。

「人のせいにするなよ」

「だって、父さんが頑張ってくれないと二階堂家の奥さんは落とせないだろう」

「そうそう。タケシくんのモチベーションが下がっているものなあ」

カツオはここぞとばかりにタケシを攻撃した。小梅の暴力をこれ以上食らいたくない。

しかし、小梅が標的に選んだのはカツオだった。

「カツじい、またカラオケ行っとったん？」

「……はい」

「この三人で？」

小梅が拳を握っている。あと一発、腹にいいのを貰ったら、《黒霧島》がマーライオンとなってしまう。

「早く答えてや」

「は、はい、三人です……」

「誰が行こうって言ったんよ」

「僕です……」

二階堂家の旦那さんとカラオケにハマったのだが、そこからなかなか抜け出せないのだ。旦那さんはカツオの本来の年齢と同世代で、チョイスする歌の趣味も合う。頭を空っぽにして大声で歌うことが何よりのストレス発散だった。

「二階堂家の旦那さんは誘ったんやろな？」

「誘ってません」

「それじゃ、意味ないやんか」

「すみません……」

好きな人に何度も謝るのは情けなかった。たった一年で巨額の借金を完済するチャンスを与えられたというのに、自分に甘え、台無しにしようとしている。情けなくて顔から火が出そうだ。

直立不動で叱られているカツオを見て、タケシがクスクスと忍び笑いをした。

「笑ってる場合ちゃうで」小梅が今度はタケシに近づく。「そんなオモチャで遊んでる暇があるんやったら、二階堂家の奥さんに夜這《よば》いでもかけろや」

「そんなことしたら、思いっきり犯罪じゃないか。しかも、元旦だぞ」

タケシが小馬鹿にしたように口の端を歪める。

「それぐらいでもせな、間に合わへんやんか。タイムリミットは、あと三ヵ月やねんで。ダンもわかってるの？」

小梅は元旦から厳しい。いい歳をした男たちが早朝の児童公園で大声で怒られている姿は、あまりにも痛々しかった。

「わかってるよ……」

ダンが不服そうに口を尖《とが》らせる。

「わかってへんやろ？　あんた、最近、二階堂家の娘と遊んでんの？」

「……遊んでねえよ」

「じゃあ、誰と遊んでんのよ。言ってみ」

「彼女だよ……」

その場にいる全員があんぐりと口を開けた。

「いつのまに……」

タケシが目をパチクリとさせた。

「どこの子なん？」

「母さんには関係ないじゃん」

「あるわよ！　家族やねんから！」

「そうだぞ。隠し事はよくないぞ。で、どんな子なんだ？」

タケシも嬉しそうにニヤニヤしている。

「近所のコンビニのバイトの子だよ」

ダンが照れ臭そうに指で鼻を擦る。

「やるやん！　どっちから告白したん？」

小梅がダンの頭をよしよしと撫でる。

赤の他人同士が親子を演じている。傍《はた》から見れば滑稽《こっけい》極まりない光景である。

でも、そこにはおかしな温かさがあった。

4

「なんで遊園地なわけ？」

娘がガムをくちゃくちゃといわせて車を降りた。

カツオは娘と地元の遊園地に来ていた。温泉が併設してある、全国的にも有名なアミューズメント施設で、木製のジェットコースターが有名である。カツオの家から車で三十分もかからない距離にあった。

「たまには童心に返るのもいいもんだろ」

これが娘との最後のデートになるかもしれない。鈴木ごっこに参加すれば、当分会えないし、無事に帰って来られる保証はどこにもない。

「ドウシン？　何かの神様？」

「子供の心のことだよ」

「へーえ。そうなんだ」

まったく興味がないのが丸わかりの返事である。我が娘ながら、彼女の馬鹿さ加減には驚きを禁じ得ない。幼稚園のころは三百ピースのジグソーパズルを一人で完成させたりして、とんでもない秀才だとほくそ笑んだものだが、おっぱいが大きくなるにつれ、馬鹿が増していったように思う。

「嬉しくないのか」

「自分の父親と来てもアガるわけないし。まあ、お小遣いくれるからいいけど」

これではまるで援交ではないか……。

まわりのカップルの男たちが、わが娘に視線を奪われて、隣にいる恋人たちをヤキモキさせている。

無理もない。娘は天然の露出狂だった。胸の谷間を必要以上に強調したへそ出しのタンクトップに布切れを巻いただけのような超ミニのスカートを穿《は》いている。ヒールの高いミュールをカツカツと鳴らし、お尻を振って胸を揺らして歩く姿は、父親からすれば直視できるものではなかった。

遊園地に入園して、すぐに娘は喫煙スペースに行くと言い出した。

「パパ、何時に帰る？」

「……今、来たばかりじゃないか」

「だってつまんないんだもん」

娘がメンソールのタバコの煙を顔に吹きかける。

「もう少しパパに付き合ってくれ」

「だりー」

灰皿が置いてあるテーブルに両肘《ひじ》を突き、お尻をプリンとさせた。真後ろでタバコを吸っていた外国人が「ワオッ」という顔をする。

どことなくジョニー・デップに似た外国人は、何を勘違いしたのかカツオにウインクを送ってきた。

父親だよ、馬鹿野郎。

舐《な》め回すように娘の体を眺めるジョニー・デップに殺意を覚えた。

我慢しろ。娘との最後の思い出を作るんだ。

「ペプシ飲みたいんですけど」

娘がぶっきらぼうに言った。つまり買ってこいということだ。

「普通のコーラじゃダメなのか？」

「ペプシ」

スマートフォンでLINEをしている娘は、顔を上げようともしない。

「わかった……ここで待っていてくれ」

カツオは小走りで売店を探した。説明のできない涙が込み上げてくる。

どうしてこうなった？　子供のころは純真で天使みたいに可愛かったのに。大げさではなく、公園で遊ぶ娘のまわりは、黄金の粉をまぶしたみたいにキラキラと輝いていた。

「おとーたん」

娘はいつでも両手を広げて駆け寄ってくれた。

「おとーたん、だっこ」

いつでも足にしがみついてくれた。

一緒にお風呂に入り、布団で絵本を読んであげた。スヤスヤと夢を見ている寝顔を見るだけで幸せ過ぎて怖くなった。

父親として、この子は守らなければいけない。

そうだ……それが父親の使命なのだ。

カツオが鈴木ごっこに参加しなければ、娘は無理やりAV女優にさせられてしまう。いくら傍若無人《ぼうじゃくぶじん》の娘であっても、スキンヘッドの前では大人しくなるだろう。テレビ画面の中で、真っ黒に日焼けした筋骨隆々のAV男優と絡む娘を想像しただけで吐きそうになる。そうなってしまったら、いくら娘が泣き叫んでも助けることはできない。

やっとこさペプシを見つけ、さっきの喫煙スペースまで戻ってきた。

娘がいない。ジョニー・デップもいない。

嘘だと言ってくれ……。

カツオはベンチに座ってうなだれ、ストローでペプシを飲んだ。シュワッとした泡が喉の奥で弾け、激しくむせ返った。

二時間ほど園内をうろうろしてから、メリーゴーラウンドの前のベンチで娘を待っていた。幼かった娘とこの遊園地に来た記憶が鮮明に蘇《よみがえ》る。

「おとーたん！」

妻と一緒にメリーゴーラウンドに乗る娘が、ビデオカメラを構えるカツオにブンブンと手を振った。

「おとーたん！」

「見てるよー！」

カツオはモニターを見ながら手を振り返す。

「おとーたん！」

「見てるよー！」

メリーゴーラウンドが回って来る度に、何度でも手を振ってくる。まさに、この世に舞い降りた天使だ。遊園地に来ている全員の父親に「うちの娘が一番可愛いですよね」と自慢したい。

ウトウトとしていたら肩を叩かれた。

「帰ろ」

いつの間にか、ベンチの横に娘が座っていた。メリーゴーラウンドを横切るカップルの男たちの視線を独占している。スカートが短い上に長い脚を組んでいるから、正面からパンツが丸見えだ。

「……楽しんだか？」

「うん。あのジョニー・デップ、ちょー優しかった」

何を優しくされたんだ。一体、どこで何をしていたのか。遊園地を隅々まで探したのだが、かなり目立つはずの二人の姿はどこにも見当たらなかった。

「そうか……それはよかったな」

「うん。お腹ペコペコ」

娘はまたスマートフォンでせっせとLINEをしている。

「何を食べたい?」

「ママのご飯」

「えっ……」

娘からそんな言葉を初めて聞いた。いつもならハンバーグとか、ラーメンとか、安いイタリアンのファミレスの名前を挙げるのに。

「急にどうした?」

「だって、パパどっかに行っちゃうんでしょ。最後ぐらい家族でご飯食べよ」

「……知ってたのか」

「うん。ママから聞いた」

「ちょっと仕事でな。東京まで行ってくる」

「いいなあ、東京。遊びに行きてえ」

「来ても、会えるかどうかはわからないぞ」

きっと、無理だ。赤の他人と家族を演じるのに、本物の家族の存在は邪魔になる。

「オッケー。お小遣いだけちょうだいね」

「お前な……」

「嘘よん。パパに会えないなら行っても意味ねえし」

胸がぎゅうっと締め付けられた。勝手にポロポロと涙が溢れてくる。

「ちょ、何泣いてんの。キモいんですけど」

「ごめん」

「やめてよ。愛人がおっさんと別れ話してるみたいじゃん」

娘は、今でも天使だった。

「あれ？　星空リーナだ」

目の前を横切ったカップルの男が、娘を見て興奮している。

「誰、それ？」

カップルの女が怪訝《けげん》そうな顔つきで訊いている。

「めちゃくちゃ人気のあるＡＶ女優だよ」

軽快な音楽とともに回っていたメリーゴーラウンドが止まった。

「やべえ、親バレじゃん」

娘が顔を引き攣《つ》らせてこちらを見た。

「い、いつから……そういう仕事をやっていたんだ？」

「高校卒業してすぐだよ。東京には撮影でよく行ってたんだ」

どうりで、街中の若い男たちが娘を凝視していたわけだ。

「ごめんね、パパ」

天使が何の悪気もなく、ペロリと舌を出した。

5

「ウチもぶっちゃけるわ」

児童公園からの帰り道、小梅が鈴木家の男たちに言った。

「何だよ……唐突に」

タケシが警戒して訊いた。

小梅は家事をテキパキとこなすしっかり者だが、時折、暴走したような言動を取る。

「ウチも恋してるねん」

まったく浮かれていない冷静沈着な顔で、小梅は朝の空を見上げた。

男三人は驚いて顔を見合わせる。

「誰にだよ」

ダンが言うと、小梅が住宅街の道路の真ん中に立ち止まり、振り返った。

「二階堂家の奥さんや」

……ん？　スキンヘッドじゃなかったのか？　しかも旦那さんではなく妻のほう？

「母さんって、レズビアンだったの？」

ダンがまじまじと小梅を眺める。

「違う。ウチは昔も今も男しか愛されへん」

「じゃあ、どうして、隣の奥さんを……」

「あんたらがフニャチンやからやろ」

鈍器で後頭部をぶん殴られたようだ。恥ずかしさで全身が熱くなる。

タケシもダンも、何も言えずに唇を噛み締めている。

我々の上空を大きなカラスが舞い、カン高い鳴き声を上げた。

「もう、あんたらの協力はいらへん。ウチが二階堂家の奥さんを落としてやる。今さっきも、奥さんと一緒にジョギングがてら初詣に行っとってん」

「いつのまに……」

「あんたらが児童公園でじゃれあってるときや」

「どうして、そこまで頑張れるんだよ」

プライドをズタズタにされたタケシが声を震わせる。

「これがウチの仕事やからや。偽物の恋でもやるしかないねん。別の人間になりきって、自分に嘘つきまくっても、大切な人を守るためにはやるしかないねん」

小梅は鈴木家でずっと戦っていたのだ。小さな体を懸命に動かして、馬鹿な男たちのために料理を作りながらも、二階堂家の奥さんを落とす可能性を考え抜いていたのだ。

「シャワー浴びてくるわ。二階堂家の奥さんと二子玉川に行く予定やから。昼ご飯は冷蔵庫の中のもので適当に作って」

鈴木家に来て初めて、小梅が料理を放棄した。カツオは何よりもそのことがショックだった。

小梅に恋をして、ただ小梅を眺めていただけの自分はどれだけ愚か者だったことだろう。

立ちすくむ男たちを残して、小梅は角を曲がって消えた。遠くで、さっきのカラスがまた鳴いている。

カツオは、深呼吸をして宣言した。

「今日限りで酒をやめます。カラオケにも行きません。完全に依存していました」

「さっそく、小梅に感化されたのか」

タケシが鼻で嗤《わら》った。だが、いつものキレ味はない。

カツオは歯を食いしばり、タケシの胸ぐらを摑んだ。頭に血が昇っている。全身の血がグツグツと沸騰している。こいつをぶん殴りたかった。大声を出して叫びたかった。

でも、我慢した。荒い鼻息が蒸気機関車のように白く噴き出す。

「なんだよ？　この手は？」

「やめろって、カツじい！」

ダンが二人の間に入って揉《も》み合いを止めようとする。

「殴りたければ好きなだけ殴れよ。ほらっ、どうした？」

タケシが顎《あご》を出して挑発してくる。

「男として恥ずかしくないのか……」

カツオは絞り出すように言った。

「あんたに言われたくないよ」

タケシがカツオの胸ぐらを摑み返す。

「やめろって！」

ダンが、強引に二人を引き離した。

カツオは泣いていた。顔面がグチャグチャになっていた。自分の人生と同じだ。見るに耐えない、グチャグチャだ。

空から、天使の声が聞こえてきた。

『おとーたん！』

ああ。パパはここにいるよ。

『おとーたん！　だっこ！』

さあ、パパを抱きしめておくれ。

「これ以上……カッコ悪い人生は嫌なんです」

カツオは流れ落ちる涙を拭《ぬぐ》った。

「……何、泣いてんだよ」

二人を置いて歩き出した。大股で力強く、前を向いて。

住宅街の景色が流れ出す。走っていた。走ることしかできなかった。

6

遊園地から帰ってきたその晩、カツオは駅前のＴＳＵＴＡＹＡのレンタルＤＶＤのスペースにいた。三十分以上、ウロウロと店内を練り歩いたあと、意を決してアダルトコーナーの暖簾《のれん》を潜《くぐ》った。

星空リーナは新作の棚に並んでいた。太い注射器を持って微笑《ほほえ》んでいる看護師は、ロングの黒髪のウィッグを被《かぶ》っている娘だった。

レンタルしたＤＶＤを家に持って帰り、自分の部屋のプレーヤーにセットした。

正座でリモコンを構え、イヤホンを耳につける。

本当に観るつもりなのか？　観たところで、お前は正気を保てるのか？

皮肉だった。娘をＡＶから守るために、鈴木ごっこの参加を決めたというのに、とっくの昔に出演して人気者になっていたのだ。悲劇というより喜劇だ。

手は汗だくだ。リモコンを落としそうになり、深呼吸をする。

受け止めるしかない。これが人生だ。

カツオは、再生のボタンを震える指で押した。

白いワンピースを着た娘が、麦わら帽子を手で押さえて芝生の上を走っていた。

こんな顔をするのか……。

見たことのない娘だった。メリーゴーラウンドの天使が、そのまま大人になっている。

次は、ビーチだった。ピンクのビキニで砂浜を走っている。とにかく走らせるのが、演出の意図なのか。

たわわな胸が揺れている。カメラに近づき、レンズに向かってキスをした。

カメラマンに殺意を覚えたが、娘は眩《まぶ》しく、美しかった。

唐突に、インタビューが始まった。

娘はやたらと白い部屋のベッドに、緊張した面持《おもも》ちで腰掛けている。

心臓が口から出そうだ。これ以上、観るのが恐ろしい。

インタビュアーの声はなく、画面の隅に質問のテロップが出てくる。

《お休みの日は何してるの？》

「飼ってる猫とゴロゴロしてます」

嘘だ。娘は動物全般を「臭い」といって嫌っている。

《趣味は？》

「うーん。カフェ巡りかな？」

真っ赤な嘘だ。いつも悪友たちとコンビニの前でたむろしている。

《好きな食べ物は？》

「えーと、ガトーショコラ」

違う。たこわさである。

《初体験はいつ？》

「十六歳です。塾の先生でした。教室で勉強してたら、キスされて……『いい？』って優しく訊かれて……キャハ」

　また嘘だ。娘は大の勉強嫌いで塾など通っていない。

《経験人数は？》

「三人……かな？　キャハ」

　これも嘘だ。カツオが知っている歴代彼氏だけでも、五人以上はいる。どいつもこいつもヤンキーに毛の生えたようなガキだった。

《全員、彼氏？》

「一人だけ違います。キャハ」

　キャハというわざとらしい照れ笑いも演出の指示なのだろうか。家での娘は常にだるそうな顔で、ぶりっ子の欠片《かけら》もない。

《オナニーはする？》

「したことないですよう。キャハ」

　娘は星空リーナを演じていた。ユーザーが求める理想の女子を立派に演じていた。

　これは娘の仕事なのだ。

絶望的だった気持ちはどこかにいき、娘を誇らしく思えてきた。全力で褒めてあげたい。

腹の奥底から勇気が湧《わ》いてきた。

借金を返すために鈴木を演じてやる。幸せになるために、違う人間に成りきってみせる。

「パパ、何してんの？」

ドア越しの娘の声に、正座のまま跳び上がった。イヤホンだから音は聞こえていないはずだが、パニックになってしまう。

「な、何もしてないよ」

リモコンの電源ボタン押してテレビを消す。

「嘘ばっか。アタシのＤＶＤ観てるくせに」

「……どうしてわかった？」

「家族なんだもん。パパの考えてることくらい全部わかるよ」

「ごめん……」

「何で謝ってんの？　ウケるんですけど。いいからドア開けて」

「あ、開けてどうする?」

DVDを隠そうかどうか迷い、TSUTAYAのレンタル袋を手に取った。

「隠さなくていいよ。一緒に観よ」

「いや……それは……」

娘は読心術をマスターしているのか。完全に筒抜けではないか。

「いいじゃん。そういう親子がいたって。家族の形なんて自由じゃん。アタシは恥ずかしくないよ。パパは恥ずかしい?」

「恥ずかしくなんかない」

「じゃあ、開けて」

カツオは立ち上がり、ドアを開けた。

コンタクトを外してメガネをかけた娘が立っていた。寝間着にしているグレーのだぶだぶのスウェット姿だ。DVDのパッケージとは真逆の格好である。

「ペプシ、飲むっしょ」

娘は泡立つグラスを二つ持っていた。

テレビの前に並んで座り、奇妙な鑑賞会が始まった。

「この男優、ウケるよ。全然、チンコ勃《た》たなくてさ」

「そうか」

「この下着ちょー可愛くない？」

「可愛いな」

「このとき、寒かったあ。窓開けっ放しなんだもん」

　ペプシを飲みながら、二人でゲラゲラ笑った。まるで、娘の発表会を観ているみたいだった。

　ＤＶＤが終わるころ、娘はカツオの膝枕で静かな寝息を立てていた。

　おやすみ。

　黒髪ではない、茶色に染めた髪をそっと撫でた。

7

「カツじぃ！　どこに行くの！」

住宅街を走り抜けるカツオに、ダンが追いついた。

「町内を走る。酒が抜けるまで、何周でも走ります」

「オレも走る」

ダンがピースサインをした。

「無理に付き合わなくてもいいんだよ」

「走りながら、自分の将来をちゃんと考えるよ。ずっとヤケクソになっていたんだ」

「誰だってヤケクソになるさ。人生は落とし穴だらけだもの」

「鈴木家に来てわかったことがあるんだ」

「何がわかった？」

若いダンと走っていると、さすがに息が上がってきた。だが、足を止めたくない。

「落とし穴にはまってからが勝負じゃね？」

「言えてるな」

もっと深い穴を掘って、今度は横に掘り続けて、別の場所から顔を出せば、また違う景色が見える。

「そうだ。彼女を紹介するよ。ちょうど、この時間に出勤してるんだ」

「よしっ。ローソンまで競走だ」

ピッチを上げようとしたところでタケシに抜かされた。

「父さん、意外と速いじゃん！」

ダンが嬉しそうに笑った。

「お前と違って足が長いからな。一歩が大きいのさ」

タケシも笑っている。

「もう少しゆっくり走ってくれ。心臓が破裂しそうだ」

カツオも楽しくてしようがなかった。元旦の高級住宅地を、酔っぱらって我が物顔で走っているのだ。これほど愉快なことはなかなかあるまい。

「カツじい、ローソンまで競走するんだろ」

「乗った。最下位がトップにジュースを奢《おご》ることにしよう」

タケシが顔を紅潮させて提案する。

「何のジュース？」

「ペプシだ！」

カツオは朝の空に向かって叫んだ。

「普通のコーラじゃダメなの？」

「ペプシじゃなきゃダメなんだ！」

雲の向こうまで届くように叫んだ。

第五話　たらこのカルボナーラ

1

四月一日。

食卓に三つのカップラーメンが並ぶ。

カツオとダンは複雑な表情で座っていた。じっと食卓を見つめたまま身動きをせず、わたしの電話に耳を傾けている。

「もしもし、小梅です。家を出る準備ができました。はい。はい。わかりました。軽い食事をしながら待ってます」

わたしはガラケーを切り、食卓に置いた。

もう少しで終わる……。

充実感と疲労感が交互にやってくる。あとひと踏ん張りだ。

「あっという間の一年間でしたね」

カツオがしみじみとリビングを見回す。

「ほんまやね。最初はどうなるかと思ったけど」

わたしも感慨深く言った。

「鈴木ダンも今日が最後か……。なんだか寂しいな。ねえ、オレの本名教えようか？」

「やめておこう。鈴木のまま別れようじゃないか。そのほうがいいと思う」

「借金もチャラになったしね。これ、ハッピーエンドってことでいいよね？」

ダンがうーんと伸びをした。

「タケシは何してんの？」

わたしはキッチンに向かって声をかけた。

「ペヤングのお湯を捨てるのに失敗したんだよ」

キッチンから声が返ってくる。

「シンクにやきそばをぶちまけたん？」

「先に食べといてくれ。大惨事になってるから」

「ペヤングを選んだのはカツじいじゃなかったっけ？」

「そうだったんですけど。タケシさんがお湯を入れてくれて、『お湯を捨てるのが難しいからやりますよ』って言ってくれて……」

「で、失敗したん？　そもそも、あれ、そんな難しくないやろ」

「賠償責任としてトレードしてもらいました」

カツオが自分のカップラーメンを指す。

「あのケチ男がよく交換してくれたね」

「父さんは生まれ変わったからね。一年前は、人のカップラーメンにお湯を入れるような人間じゃなかったもん」ダンがニンマリと笑う。「生まれ変わったのは、父さんだけじゃないけどね」

「あの……非常に頼みにくいお願いなんですけど」

カツオがおずおずとわたしの顔を覗《のぞ》き込む。

「何よ？」

「二階堂家の奥さんを落としたじゃないですか」

「うん。危なかったけどな。五日前のギリギリやし」

「その五日前の写真と動画は……」

「あるよ」

「見せてもらえませんか？」

カツオが鼻の下をだらしなく伸ばす。

「アホ！　エロいな」

「なあ、見たいよな、ダン」

もちろん、カツオは本気で言ってるわけではない。じゃれているのだ。

一年間で、赤の他人同士が本物の家族みたいに親密になった。初日と比べて見違えるほど健康的になった男たちを見て、わたしはとても悲しくなった。

「そろそろ三分だぞ」

タケシがキッチンから声をかける。なるほど、人に気遣いができるようになっている。

「いただきます！」

ダンが割り箸を割って、勢いよくカップラーメンを食べ始めた。

カツオが箸を持ったまま、カップラーメンを見つめている。

「どしたん？　食べへんの？」

「いやあ、これが鈴木家の最後の食事なんですね」

「ごめんな。本当はちゃんとしたもの作ってあげたかってんけど」

「しょうがないですよ。時間もなかったですし。いただきます」

カツオがしんみりとカップラーメンを食べ始める。

わたしは、ほっとした。あとはタケシだけだ。

「うげ、超マズい。母さんのせいだ。明日から何食えばいいんだよ」

「……ごめんなあ」

「母さんは食べないの？」

「うん。食欲なくなってもうた」

わたしは食べない。鈴木家のカップラーメンは絶対に食べてはいけない。

二人はしばらく無言で食べた。リビングの壁時計の音だけが響く。

「あれっ……」ダンが食べてる途中で箸を置いた。「なんだ、これ。超眠い」

「眠い？　帰りのワゴンで寝たらええやんか」

わたしはなるべく優しい声で言った。

「いや、ちょっと、眠いというよりは頭がクラクラするというか……」

カツオも箸を置いた。男二人の頭がフラフラと揺れる。

「五分だけ、いいかな……」

「寝るの？」

「オレも起こしてね……」

二人が食卓に突っ伏して鼾《いびき》をかき始める。

「おい、寝るんじゃない。もう少しで迎えが来るんだぞ」

キッチンから戻って来たタケシが二人を起こそうとしたが、どれだけ体を揺らしても目を覚まさない。

「何だ、こいつら？」

「疲れが一気に出たんよ。タケシもラーメン食べたら。ウチの食べて」

わたしは、手元のカップラーメンを差し出した。

しかし、タケシは受け取ろうとしない。

「どうしたん？」

「小梅、俺たちは夫婦だよな」

目が据わっている。

心がざわつく。頭の中で危険警報が鳴った。

2

「どうしたん？」

わたしは笑顔を作って訊いた。頰が引き攣《つ》ってしまう。

「最後に一発やろうぜ」

ぬめりとした声。こいつ、本気で言っている。

「……何の話？」

腰を浮かせた。無数の虫が全身を這《は》うような感覚に襲われる。

「とぼけるなよ。わかるだろ？」

タケシがゆっくりとわたしの胸に手を伸ばす。その手をはね退《の》け、椅子から立ち上がった。

「やめてや、こっち来んとってや」

「夫婦なのに、一度も愛し合わないのは不自然だろう」

最後の最後で本性を現しやがった。一年間も一緒にいて見抜けなかったのが悔しい。

ダメだ……逃げきれない。

タケシは背後からあたしを荒々しくを抱き寄せ、髪の匂いをクンクンと嗅《か》いだ。

「ああ、いい匂いだあ。たまんねえ」

「離してや！　今からスキンヘッドがここに来るねんで！」

「まだ充分に時間はある。楽しもうぜ」

「お願いやめてや……」

泣き落としは通用しそうにない。余計に興奮させるおそれがある。

「しょうがないだろ！　恋してしまったんだから！」

タケシがわたしの胸をまさぐり叫んだ。硬くなった股間をグリグリと尻に押し付ける。

「ウチに？」

「そうさ。ずっと見ていたんだ。小梅だって、俺の視線に気づいてたはずだ。頼む、乱暴にはしないから大人しくしてくれ」

床に押し倒され、無理やりキスをされた。シャツを引きちぎられボタンが弾《はじ》け飛ぶ。片手で押さえつけられ、ブラジャーを乱暴に外された。

「わかった！　本当のことを言うから！」

わたしは絶叫した。こんな家で犯されてたまるか。

タケシがピタリと手の動きを止める。

「本当のこと？」

「なんで、あんたらの借金がチャラになるか知りたくない？」

「二階堂家を恐喝する材料を手に入れたからじゃないのか」

「違う。鈴木ごっこには秘密があるのよ」

手首を摑《つか》まれていた力が緩み、わたしは少し体を起こした。

「聞かせてもらおうか」

「ガラケー取って」

「どこにかけるつもりだ？」

「電話ちゃう。写真を見せたいねん」

タケシが食卓の上に手を伸ばし、わたしにガラケーを渡す。

わたしはガラケーを開き、保存している画像を見せた。

「これがウチの娘」

画像をまじまじと見たタケシがあんぐりと口を開ける。

「二階堂家の……娘じゃないか」

大阪から引っ越す前に、娘と二人で撮った写真だ。親友みたいに頬を寄せ合い、満面の笑みでピースをしている。

この写真にどれだけ勇気づけられたことか。部屋で一人で見るたびに泣いた。だけど、ほぼ毎日娘と顔を合わせているのに、他人のふりをしなければならないことが何よりも辛《つら》かった。

「ちなみにあの地味な旦那がウチの夫」

「嘘だろ……」

「ウチのホンマの苗字は二階堂やねん」

「待て。じゃあ、二階堂家の奥さんだった女は何者なんだよ」

「スキンヘッドの奥さんや」

タケシが混乱して頭を押さえた。目をグルグルと回し、状況を整理している。

「一体、お前らは何がしたかったんだ？　鈴木ごっこの秘密は何だよ」

「借金の回収や。アンタらの内臓や角膜やら売れるものは全部売るねん」

「……内臓？」

「臓器売買。世界中の病気の金持ちが、健康な内臓を待ってるねん。日本人の内臓は人気があるからな」

わたしは、おもむろに立ち上がった。

「この一年間で、あんたらの体は健康になったやろ？」

「それで……自炊をしてくれていたのか……」

タケシが怯えた顔で後退《あとずさ》る。

「そうや。栄養バランスの取れた食事を心がけたわ。さらに恋することで、体のホルモンバランスが整えられて、より健康になる。アンタは二階堂家の奥さん、ダンはウチの娘、カツじいはウチに惚れさせた」

「そのために……ありもしない指令が出ていたのか……ずっと騙《だま》してきたってわけか」

娘はわたしが守る。そのためには、どんな手段を使ってでも金を稼ぐ。

睡眠薬はいつでも使えるようにスキンヘッドから預かっていた。

カップラーメンを食べる前にポットのお湯に混入した。スキンヘッドが裏ルートから仕入れた睡眠薬はかなり強力で、ちょっとやそっとのことでは目を覚まさない。鈴木家から運び出されてワゴンに乗せられたとしても。

タケシとカツオとダンがどこで解体されるかは知らない。わたしの仕事は、清潔な環境の中、栄養価の高い餌を与えて、いい状態で商品を出荷するまでだ。

そのためには恋という要素が不可欠だった。恋という刺激がなければ、食べて寝るだけの平凡な生活を一年間も続けることはできない。

借金ですべてを失った人間には癒やしと希望が必要なのだ。

そして、赤の他人の男たちと同じ屋根の下で暮らすにあたり、一番の危険は、わたしが女一人だということだ。簡単に手を出させないために背中に登り竜の刺青《いれずみ》を入れた。早い段階で男たちの一人に刺青を見せておけば、レイプを未然に防げる可能性が高くなる。

「ごめんな。自分の家族が一番大事やねん」

リビングのドアが開いた。

「待たせたな」

サングラスをしたスキンヘッドが入ってくる。

外で待機していたスキンヘッドは、わたしからの「三人が眠った」という連絡を待っていた。

さっき、ガラケーで娘の写真を見せたあと、ショックを受けたタケシの隙《すき》を見て、スキンヘッドの電話にかけて通話中にしておいたのだ。

スキンヘッドがキッチンに入って引き出しを開け、包丁を取り出し、タケシの背後に立って刃先を首筋に当てる。

「頼む……逃してくれ……」

わたしは床に落ちていたシャツを羽織り、カタカタと震えるタケシに言った。

「痛い思いをしたくなかったら、さっさとカップラーメン食べや」

3

「一時間だけだぞ」

眠った三人をワゴンに乗せたあと、スキンヘッドがそう言い残して鈴木家をあとにした。

リビングのソファで待っていると、玄関のドアが開く音がした。

「ママ、お疲れ様」

春物のワンピースを着た娘が入ってきた。わたしは立ち上がり、力いっぱい娘を抱きしめた。

「久しぶりやね……」

「しょっちゅう会ってたけどね」

わたしの腕の中で、娘がクスクスと笑う。

たとえ近くにいても、触れることができなければ意味がない。互いの体温を感じ、匂いを吸い込み、目と目を覗き合えてようやく愛を伝えることができる。

「なんか、トラブルがあったみたいやけど……」

娘が心配そうに訊《き》いた。

「大丈夫。ちょっと危なかったけど」

「怪我とかしてない？」

「平気やで。パパは？」

「家でテレビ観てる」

家とは隣のことだ。

大阪から家族ごと引っ越した。鈴木ごっこを成功させるためには、家族の協力が必要だった。最初は渋っていた娘も、わたしのために頑張ってくれた。

「何、食べたい？」

「たらこのカルボナーラ！」

娘が顔を輝かせる。

「そればっかりやんか。たまには他のも作らせてよ」

「だって大好物やねんもん。この前、パパに作ってあげてんけど、あんま上手《うま》くできんかったから教えて欲しいし」

「了解。伝授するわ」

二人でお揃《そろ》いのエプロンをつけて、鈴木家のキッチンに立つ。

邪魔する者は誰もいない。母と娘、二人だけの時間だ。

「まず、ガーリックオイルね。ニンニクは潰《つぶ》してから切る」

「そのほうが香りが立つんやろ？　ママがくれた料理の本に書いてあった」

「やってみ」

どれどれ、お手並み拝見だ。

包丁を持つ娘の姿がかなり様になってきた。ちゃんと自炊をしている証拠だ。

切ったニンニクをフライパンに放り込み、唐辛子と一緒にオリーブオイルで煮る。

「もっと火を強くしてええよ」

「弱火やなくてええの？」

「ニンニクが焦げるのだけ気をつけたらええねん」

香りが立ってきたらオリーブオイルにアンチョビを溶かす。このタイミングで乾麺のパスタを鍋に投入する。

「めっちゃいい匂い！　お腹《なか》が鳴ったわ」

娘がアスパラガスをカットしながら笑う。キノコはエリンギを用意した。

「お昼は何したん？」

「食べてへん。パパには親子丼作ってあげたけど」

「あかんやん。倒れるで」

わたしは、スプーンでたらこをほぐしながら言った。

「だって、ママの料理が楽しみやってんもん。一年ぶりやねんで」

嬉しいことを言ってくれるではないか。大阪時代とは大違いだ。

エリンギをフライパンで軽く炒め、料理酒を目分量で入れる。本来なら白ワインを使いたいところだが、家庭ではこれで充分である。アスパラガスは鍋に入れてパスタと一緒に茹《ゆ》でる。茹で過ぎには注意だ。緑色が鮮やかになったら先にアスパラガスだけをフライパンに入れる。

娘の手際が目を見張るぐらい良くなっている。

「やるやん。さすがママの子や」

褒め言葉が素直に出る。褒めるのも一年ぶりなのだ。

「シェフになれるかな？」

「なれる、なれる」

「本気で料理の世界に行きたいねん」

そうか……娘も進路を真剣に考える時期か……。

「カフェはやめときな。儲かれへんから」

「単価が安いし、回転率も悪いもんね」

一応、勉強はしているようだ。

「和食は？」

「和食もいいけど……イタリアンはどうかな。パスタが一番好きやし」

娘が照れ臭そうに言って、沸騰する鍋の中で躍るパスタをトングでほぐす。

「本気でやるなら本場で修業せなね」

「イタリアに？」

「本場で学んだほうが絶対にいいから。若いときにしか行けないし」

「でも、お金かかるし……」

娘の顔が曇る。

「任せといて。ママが稼ぐから」

わたしは胸を張った。娘の幸せのためなら何だってできる。

《DE《ディ》・CECCO《チェコ》》のパスタがアルデンテに茹で上がった。手早くフライパンに入れ、オリーブオイルと具材に絡ませる。ここで塩を足すが、あとでたらこが入るから、薄味になるよう調整するのがコツだ。

最後に火を止めて、余熱でたらこと卵黄を麺に絡ませる。カルボナーラを名乗っているが生クリームは使わない。仕上げに胡椒《こしょう》をガリガリと振りかけて完成だ。

「できた！」

娘が手を叩《たた》いて顔をほころばせた。

きっと、いい料理人になると思う。わたしに似て食いしん坊だから。

食卓に向かい合って座った。一年ぶりの親子での食事だ。

「めっちゃ美味《おい》しい！　やっぱウチが一人で作ったのと全然違う！」

本当に美味しい。本物の家族との食事は格別だ。二人とも夢中で食べた。

至福の時間ではあるけれど、これを食べ終えるのが辛かった。

「ねえ、ママ」

先に食べ終えた娘が訊いた。

「何？」

「ママと一緒に暮らした人たちはどこにいるの？」

娘の質問に笑顔が固まる。

「さあ……そこまでは教えてもらえないから……」

「今頃、こうやって家族と一緒にご飯を食べているかな？」

答えることができず、わたしは目を伏せた。

娘の真っ直ぐな目が、心底怖かったからだ。

娘はそんなわたしの心など知らず、満足げにお腹をさすりながら言った。

「また新しいお家に引越しせなあかんね」

4

わたしは一人で食卓にポツンと座っていた。

この時間が一番嫌いだ。孤独感に押し潰されそうになる。

わたしは新しい食卓をそっと撫でた。食卓は、常に家の中心にいて鈴木ごっこを見守ってきた。

これから、どうすればいい？

食卓は答えてくれない。

わたしの家はどこにあるの？

ここではないことはたしかだ。

――インターホンが鳴った。

きたか……。《たらこのカルボナーラ》を食べたばかりの胃がキリキリと痛む。

わたしは重い足取りで玄関へと向かい、ゆっくりとドアを開けた。

男が三人立っている。見るからに不健康で、負のオーラを身に纏《まと》った連中だ。

彼らを運んで来たスキンヘッドの車が去っていく音が聞える。ここからは、わたしの仕事だ。

リビングに入ってきた男たちは落ち着きがなく、誰も食卓に座ろうとはしなかった。

「とりあえず、座ろうか」わたしは率先して食卓につき、男たちに訊いた。「お腹減ってる？」

男たちが顔を見合わせながら、ぎこちなく頷《うなず》いた。

「カップラーメンならキッチンの戸棚にあったで。冷蔵庫の中は空っぽやけど」

「飯の前に自己紹介が先だろ」

ひときわ体が大きく異様に目の窪《くぼ》んだ男が手を挙げた。年齢は三十代半ば。こいつが《タケシ》になる。

「一年間も同居するわけだしな……」

色黒で小太りの男が頷く。年齢は五十代前後。《カツオ》だ。

「早く自己紹介しようぜ。眠いんだよ」

金髪でガリガリの若者。《ダン》だ。

この年齢の組み合わせが家族になりやすい。発注どおりにスキンヘッドが集めてくれた。

「自己紹介はやめへん？」わたしは三人の反応を窺《うかが》いつつ言った。「家族に成りきるには、お互いの素性を知らないほうがええと思うねん。ウチらはえらい借金抱えてここに連れて来られてんから。借金をチャラにするには家族のふりをせなあかん。わかっているのはそれだけで充分ちゃう?」

「じゃあ、名前はどうすんだよ」

金髪が面倒臭そうに訊いた。

「その人の好きなものと名前を結びつけると覚えやすいで。セットで記憶するねん」

結局はわたしが誘導して、《ダン》と《タケシ》と《カツオ》と《小梅》にする。

誘導は簡単だ。人は二択で質問すると、どちらかを選ぶ。

一番若い男には、スポーツの話をして、何でもいいから好きな球技を答えさせ、「あなたはボールが〝弾む〟イメージだから」と言って「ダン」に導く。「スポーツは好きじゃない」という男もいたが、「バスケットボールとハンドボールならどっち?」と二択にしたら、「バスケ」と答えた。この場合、選んでくれさえすれば、どっちを答えても「ダン」になる。

二番目の男には、基本的にお笑いの話題を振って、「ビートたけしと明石家さんま、どっちが好き?」の質問を投げることにしていた。だいたい「タケシ」と答える。多額の借金をするようなアウトローの男が好きなのは、ビートたけしのほうだ。かつて「さんま」と答えた男がいたが、「じゃあ、さんまって名前にする?」と訊いたら、

「タケシにしてくれ」と言ってきた。

一番年上の男には、サザエさんの話をこちらから持ち出して、「カツオか波平、どっちがいい？」「カツオとマスオ、どっちがいい？」と訊けば、無難な「カツオ」を選ぶ。サザエさんの話は、なにかと話題が膨らんで、場が和《なご》むのがいい。

家族を演じるのなら、慣れ親しんだ名前が一番だ。いろんな《ダン》と《タケシ》と《カツオ》がいた。

その年によって印象に残っているのは何人かいる。

小説家志望の《ダン》は二年目だった。港区の広尾の鈴木家で一緒に住んだ。

婚約者を弟に寝取られた《タケシ》は三年目。目黒区の青葉台の一軒家。

娘がＡＶ女優の《カツオ》は四年目で、大田区の田園調布の鈴木家だった。

「とりあえず、座りいや」

顔色の悪い男たちが、渋々と食卓についた。

まずは、カップラーメンだ。わたしは食べないけれど。

今日から、六年目の鈴木ごっこが始まる。

この作品は書き下ろしです。原稿枚数231枚（400字詰め）。

鈴《すず》木《き》ごっこ

木下《きのした》半太《はんた》

平成27年6月10日　初版発行
平成29年5月10日　9版発行

発行人――石原正康
編集人――袖山満一子
発行所――株式会社幻冬舎
〒151-0051東京都渋谷区千駄ヶ谷4-9-7
電話　03(5411)6222(営業)
　　　03(5411)6211(編集)
振替00120-8-767643

印刷・製本―図書印刷株式会社

装丁者――高橋雅之

検印廃止

幻冬舎文庫

ISBN978-4-344-42347-3　C0193　き-21-15

幻冬舎ホームページアドレス　http://www.gentosha.co.jp/
この本に関するご意見・ご感想をメールでお寄せいただく場合は、
comment@gentosha.co.jpまで。